5分で読める!
ぞぞぞっとする怖いはなし

『このミステリーがすごい!』編集部 編

宝島社

5分で読める！ ぞぞぞっとする怖いはなし【目次】

5分で読める！
ぞぞぞっとする怖いはなし

『このミステリーがすごい！』編集部 編

宝島社

せんせいあのね

澤村伊智

澤村伊智（さわむら　いち）

1979年、大阪府生まれ。2015年、『ぼぎわんが、来る』（受賞時のタイトル「ぼぎわん」）で第22回日本ホラー小説大賞・大賞を受賞しデビュー。17年、『ずうのめ人形』で第30回山本周五郎賞候補。19年、「学校は死の匂い」で第72回日本推理作家協会賞（短編部門）受賞。20年、『ファミリーランド』で第19回センス・オブ・ジェンダー賞特別賞受賞。他の著書に『予言の島』、『怖ガラセ屋サン』など多数。

おととい、まさよしくんと、かわらの土をほってあそんでいたら、黒い人ぎょうが出てきました。人ぎょうは、とけたさるみたいな顔で、りょううでをふり上げていて、小さいねこくらいの大きさでした。

「大介、こいつであそぼうぜ」

「うん」

ぼくは答えました。

なわとびでしばって、たかい草むらの中に立たせて、とおくから石をなげて、当てまくりました。それがおわると、川にながしてあそびました。さいごはしずんで、見えなくなったので、ぼくたちは帰りました。

夜になって、おきゃくさんがきました。知らない男の人でした。げんかんにお父さんとお母さんが二人とも行って、立ったまま、ずっとはなしていました。

その人が、かえって、何があったのか、きこうとしたら、お母さんに、

「大介、あんた、どろぼうなんかしてないよね」

と、ふしぎそうに言われて、

「してない」

と、答えて、ぼくはねました。

きのう、朝の会で先生が、

「まさよしくんが、きのうの夕がたから、いなくなって、けさ、川下で、みつかった。すぐびょういんにいったけど、ざんねんですが、ほんとうに、ざんねんですが、たすかりませんでした」

と、言って、女子がなき出しました。

ぼくは、まさよしくんがすぐ見つかって、とてもびっくりしました。まだきづかれてないみたいだけど、もうすぐけいさつが、うちにくると思います。

ぼくがやりました。

黒い人ぎょうに「大介、こいつであそぼうぜ」と言われて、すると、まさよしくんはうごかなくなりました。ぼくは、なんにもわるくないと思って、まさよしくんをしばって、石をぶつけて弱らせて、川にながしました。ながしてから、わるいことをしたと思って、こわくなりました。

「だれにも言うなよ、とくに、あの男にはぜったいだぞ。おれのてきだ」

と、黒い人ぎょうに言われたけど、書くのはできそうだと思ったし、先生ならだいじょうぶだと思ったので、書きました。さいしょはなぜか、ちゃんと書けなくて、でも書いてるうちに、だんだん書けてきて、もっとこわくなりました。

ごめんなさい。たすけてください。

二年四組　ふじ原大介

ママン

林由美子

林由美子（はやし　ゆみこ）

1972年、愛知県生まれ。化粧品販売会社に入社後、結婚を機に退職。2007年、『化粧坂』で第３回日本ラブストーリー大賞・審査員特別賞を受賞しデビュー。他の著書に『堕ちる』、『揺れる』、『逃げる』などがある。

「結婚、しよう」

良樹（よしき）からのプロポーズは、仕事帰りに二人で寄ったラーメン店で唐突にあった。しかも餃子を注文するか否かの話の後で、良樹にはそういう無粋（ぶすい）なところがあった。マイペースとでも言おうか、「一人っ子のせいかもしれない」と本人もたまに言う。

とはいえ、交際四年、三十三歳、紗季（さき）がさんざん急（せ）かした末のプロポーズである。

「うん。やっとだね」

「まあね。それでさ、マ……母さんには電話で伝えてあって、土曜日一泊で家に帰るつもりなんだ。紗季も一緒に行く？　父さんは会社の懇親旅行でいないけどさ」

「泊まりかあ」

良樹は高い確率で、ママと言いかけて母さんと言い直す。「実は今でもママって呼んでるんだ」と、交際二年目に知らされていたので驚きはしないが、何度聞いても慣れなかった。

「母さん、紗季に早く会いたいって言ってるし、おいでよ」

「じゃあ、そうしようかな」

言ってから後悔した。良樹には悪いが、良樹の母、鞠子（まりこ）にあまりいい印象はない。というのも、鞠子はごくたまに良樹の顔を見に彼のマンションにやってくるそうだが、決まって紗季の歯ブラシや着替えが捨てられた。

「またかあ、マ、あ、母さんに悪気はないから許してやって」良樹は笑うが悪気以外のなにものでもないと紗季は思っていた。そういうわけで鞠子と初対面からの一泊に、多少なりとも躊躇(ためら)いはあった。

けれども結婚するのだから、そうも言っていられない。すでに結婚生活を送っている友人からは、いくら問題のない義母でも些細(ささい)な軋轢(あつれき)があるのは聞いていた。それに息子のいる上司は「男の子って本当にかわいいのよ。もう小さな恋人って感じ。なんなら旦那よりラブよ」と常々言っていた。その顔はそれこそのろけ話をする女のようでもあった。

そうして週末になった。手土産に、母から銘店のバアムクーヘンを持たされ、紗季は友人お勧めの最中を用意した。

車で五十分の良樹の実家は、町を二つ跨いだ県境の郊外住宅地にあった。ごくごく普通の二階建て住宅で、インターホンを鳴らした良樹は自ら鍵でドアを開け、「ただいまー」と中に向かって声をあげた。

「はーい、おかえりなさい」奥から甲高(かんだか)い声の六十前の女性が現れた。ボブヘアで少しふくよかな体型にクマのプリントのエプロンをした朗(ほが)らかそうな人だった。

「初めまして。母の鞠子です。さ、どうぞ!」紗季を促す鞠子に、良樹は「あ」と言った。

「ママン。車に土産忘れた。取ってくるよ」

紗季は思わずその顔を見た。「ママ」と呼ぶのを知っていても、実際のそれは「ママン」と甘えた語尾がついていて面食らう。

「よーくん、お土産なんていいのに」

三十五歳の息子に対する「よーくん」呼びに、苦笑いしそうになる。

車に戻る良樹に先立って、紗季は居間に通された。そこで紗季は二つの手土産を渡す。「こちらは親からです。お口に合うといいのですが」

「やだあ、気なんて遣わなくていいのに」言いながら受け取る鞠子の爪が、びっと紗季の手の甲を掻いた。

イタ。そう思ったが紗季は顔に出さず、鞠子も「まあ、バアムクーヘンと最中ね」と紙袋の中身をうれしそうにあらためている。

「どうしましょ。また太っちゃうわ」鞠子は続き間の和室に紙袋を置いた。

「すぐにお茶の準備をするから、そこに座ってて」

促され、用意してあった座布団に正座する。痛みから手の甲を見ると、爪で引っ掻かれたというよりカッターで切ったような傷がそこにあって、紗季は驚いた。血が滲み出ている。バッグからティッシュを取り、そこに当てる。絆創膏をもらうのも、怪我をさせられた感があって言い出しにくい。爪ではなく、紙袋の紙で切ってしまったのだろうか。だとしたら、袋のほうに血がついてしまったかもしれない。そう思い紙袋を確かめると、紗季は愕然とした。紙袋の底に、平行四辺形の欠片（かけら）――折ったカッターの刃が入っていたのだ。

　そこへ良樹が戻ってきた。紗季は良樹の顔をまじまじと見るが、あまりのことに何も言えなかった。良樹は、ティッシュを手の甲に当てる紗季を見て「どうしたの」とたずねる。

「紙で切ったみたい」かすれ声しか出なかった。

「あ、よーくん、玄関、鍵してくれた？」

　何食わぬ顔の鞠子が茶を用意して加わった。良樹の隣に鞠子がぴったりと着いたので、紗季はテーブル越しに向き合って座る。鞠子は、良樹の手土産を喜んだ。

「あら、ママの好きな花見月堂のお煎餅ね。わたし、甘いものが苦手なのよね」

「会うたびにまるまるになるのにな」

「いいのよ、健康のしるしなんだから」

　鞠子の目が見れなかった。なんなんだ、この母親は。不安がふくらむのに、紗季は社内恋愛の二人の馴れ初（そ）めを話す良樹に笑顔で相槌（あいづち）をうつ。結婚式は身内だけのささやかなレストランパーティにしたい意向などが続くと、鞠子は良樹の同級生の親の近況や、従妹の進学についてをあれこれ喋った。紗季には誰だかわからない相手の話が延々と語られるが、良樹は「え！　そうなの」と喜んで聞いている。鞠子が敢えて紗季を蚊帳の外にしているのが肌でわかった。

「あーあ、すっかり話が脱線しちゃったわね。そうそう、これ見て。頑張って集めたのよ」鞠子がテーブルの上にパンフレットやチラシを並べた。それらは分譲住宅や注文住宅のものだ。

「すごいな、ママン」良樹が目を輝かせる。

「わたしはこの家が気に入ったわ。全戸南窓があるし」

「おれはこの和の家ってのがいいな」

「うんうん、そっちも悪くないね」

突然始まった家選びに紗季は狼狽えた。その様子に気づいた良樹が笑う。

「賃貸はもったいないから、結婚したらすぐ家を買いたいって、前に紗季、言ってただろ？」それはプロポーズされるずっと前の、タラレバ話だ。

「んー、でも分譲だとやっぱり部屋数が少ないわね。ママだって自分の部屋が欲しいわ」

紗季はバカップルのような親子に呆然とする。自分の部屋が欲しいとは――同居？　良樹に抗議の視線を送るが、パンフレットに夢中な相手は紗季など眼中にない様子だ。

それどころか、「あ、お茶なくなった。淹れてきてよ」と唐突に紗季に言う。さらには、「あら、なくなっちゃった?」立ち上がろうとする鞠子を「いいのいいの、ママンは座ってて。紗季はもう嫁だからさ。お客さんじゃないの」と、座らせる。

紗季は仕方なく勝手のわからない他所の家の台所に向かった。

しかしそこで鳥肌が立った。

大型の冷蔵庫の面に、余すところなく良樹の写真が貼りつけてあった。赤ん坊の頃から学級写真や遠足時、部活動、証明写真の類まで、成長ぶりがわかる写真の数々がびっしりである。これを毎日見て、冷蔵庫の開け閉めをする鞠子に薄ら寒さを感じる。

さっきの同居話にしても冗談だと思いたいが――紗季は手の甲に走る赤い傷を見た。

これは普通じゃない。

だからといって、ここで破談は御免だった。紗季は鞠子と結婚するのでなく、相手は良樹だ。彼との四年間は穏やかで問題はなく、やがて紗季は三十半ばだ。他の相手に切り替える気は毛頭なかった。

同居さえしなければ、鞠子はせいぜい年に数回会うだけの相手だ。それに今日は不在の良樹の父親がいたら、孫に恵まれたなら、鞠子も態度を変えるだろう。さしずめ、紗季は愛しの息子を奪った憎い女といったところか。そう考えると、幾分気持ちに余裕を持てる気がした。

電気ケトルで湯を沸かした紗季は、茶を淹れると居間へと進んだ。北側の台所から廊下をたどった南の部屋が居間だが、楽しそうな親子の笑い声が聞こえる。

「だってね、いくらなんでも甘ったるい菓子折りふたつもなんて、常識がなさすぎでしょう？　病気にしたいのかしら。こうなると親のほうも心配ね。もう、よーくんたら、そんなに結婚急がなくてもいいのに」

「ママンを早く安心させたかったんだよ。ほっとしたでしょ？」

「そうでもない。だって紗季さん、三十三なのよね。子供……うまい具合にぽんぽん出来たらいいけど。ママの言うこと聞いておけばよかったってなるわよ？」

「そんなこと言わないでよ。おれ的には、身を固めるのは親孝行でもあるんだし」

「そうねえ。ま、いざとなったら離婚すればいいしね。今時、珍しくもないものね」

紗季は茶を載せた盆の両端を強くつかんだ。なんでこんな言われようをされなければいけないのか。母はあれこれ迷ってバアムクーヘンを持たせてくれたのだ。

それだけでなくカッターの刃で切られた手の甲が痛かった。こんな手なのに、茶を淹れてこいと言った良樹に初めてうんざりするほどの身勝手さを感じる。

「でも紗季しか考えられないんだ。料理得意だし趣味も合う。逃げられたくないから嫌味とか言わないでよ。ママン、実は最中好きじゃん」

その言葉が続かなかったら、怒りで家を飛び出していたかもしれなかった。

だが今後も覚悟をしたほうがよさそうだ。この家で暮らす鞠子が、茶を淹れて戻る紗季に聞えよがしを計算したのは間違いない。鞠子はこの結婚に反対しているのだ。

夕方になると出前寿司が届き、バカップルのような親子の会話に相槌を打ちながら食事を終えた。早く帰りたい。その一心で午後九時を迎えると、良樹は風呂に入った。寿司桶を洗い、和室に布団を敷こうとする鞠子に代わりを買って出る。何か意地の悪いことのひとつもあるだろうと思っていたら、案の定、鞠子は「ちょっとこれ見て」とスマホを取り出し紗季に画面を見せつけた。

そこには清楚(せいそ)な印象の若い女が映っていた。

「この子ね、良樹のモ、ト、カーノ」

「あ……そうなんですね」苦笑いする。

「かわいいでしょ。学生時代から結構長くつきあってたのよ」

だからなんなのだ。

「メールの返事が遅いだなんだっていちいち絡まないし、手料理の写真をじゃんじゃん送ってくるわけじゃないしね。あ、スタンプの課金とかもなかったなあ」

「そうなんですね」辛うじてそう返したが、良樹とのメールを見られているのだとわかった。

そしてこの人は、それを隠そうともしていない。

「ああ、いい風呂だった」

首にタオルをかけた良樹は、和室に敷いた布団にごろんと大の字になった。

「よーくん、頭が濡れたままじゃない」

「乾かすの、面倒くさい」

「仕方ないわねえ」鞠子は良樹のタオルで頭の水分を取り始めた。

「久しぶりに耳掃除もしようか？」

「いいねえ」

見てはいけないものを見た気がして目をそらす紗季に「紗季さん、お風呂お先にどうぞ」と鞠子が言ったのでほっとする。

着替えの用意をして脱衣所のドアを閉めると、どっと疲れが出た。もう二度と泊まるまい、そう誓いつつ服を脱いだ紗季は風呂場へ入った。

シャワーを浴び、バスチェアに腰かけ、顔を洗う。

ふいに背後に冷気を感じた。

「背中、流そうかしら」

目を開けると、向かいの鏡に鞠子が映っていた。

「え――」

振り返ろうとする紗季を押しとどめ、鞠子は背中をこすり始める。

「い――」

タオルやバススポンジでなく、その正体が軽石だとわかり身をよじるが、鞠子の手がざっざっと上下に動く。

「よーくんはね、わたしの言うことをちゃんと聞く素直ないい子だったのよ」

「いた！　やめてください！」

「高校だって大学も就職先もね、一緒に迷って悩んで、だからうまくいったのよ」

鞠子の手が紗季の肩をつかみ、軽石は容赦なく大きく動く。

「それがどうして最後はあんたなのよ。もっと相応しい相手がいくらでもいる！　あの子のベッドに汚らしく長い髪の毛を残して！　たぶらかして、気持ち悪いったら！」

体を捻ってどうにか軽石から逃れると、向き合った鞠子はその手を振り上げて思いきり紗季の顔面に打ちつけた。

「諦めなさい！　よーくんの相手はわたしが見つける！」

いかれてる！　シャワーに打たれながら紗季は目一杯鞠子を突き飛ばし、脇をすり抜けようとした。

だが、鞠子が仰向けにひっくり返ると同時に、ごん――と鈍い音がした。

風呂のへりに頭をぶつけた鞠子は目を見開いている。まるで、電源の切れたロボットのようだ。排水溝に流れる流水がどんどん赤く染まってゆく。

紗季は言葉にならない悲鳴をあげた。

「どうした！」紗季が脱衣所のドアを開けると同時に、良樹が飛び込んできた。

「わたし、突き飛ばしちゃって――」

良樹は紗季を押しのけ、鞠子に向かう。「ママ！　ママ！」

裸のまま居間に戻った紗季はスマホを手にするが、パニックでうまく触れない。それを引っ手繰るようにした良樹が救急車を呼んだ。

「母親が風呂場で転んで――」

良樹はそう電話をかけた。気が動転しているはずなのに「ママ」と呼ばず、そして「風呂場で転んだ」と言った。

それはその後、鞠子の死亡が確認されても変わらなかった。

良樹は紗季を庇ったのだ。


四十九日が経った。

家族葬にはとても顔を出せなかったが、紗季は良樹に伴われ鞠子の墓前にいた。

「ごめんなさい――」

紗季は鞠子にも良樹にも頭を垂れた。

「謝って許せることじゃない」

「うん……」

「おれが警察にありのままを話せば紗季は殺人犯だよ。そうなりたくないだろう？」

良樹は何が言いたいのだろうか。

「だからママの代わりになるんだ」

「どういう……こと？」

「ほんとう言うとね、半年前に親父が脳梗塞で倒れて寝たきりでね。ママが介護で大変だったから、それで急いで結婚を決めたんだ。なのにこんなことになるなんて……」

良樹は紗季の左手を取る。

「一生涯、助けてもらうよ？」

紗季の震える手に、良樹はポケットから取り出した指輪をはめる。サイズが少し小さくて、それでも良樹はぐっと強く紗季の薬指に押し込む。締め上げるようなそれは、曇天の色にも似た鈍く輝くダイヤの結婚指輪。

「生前からのママの希望でね、ダイヤモンド葬にしたんだ。遺骨から炭素を取り出してダイヤにしてもらった。ママはダイヤになったんだ」

良樹はダイヤに微笑みかけた。

「ね、ママン」

評価　平山夢明

初出　『鳥肌口碑』（宝島社文庫）

平山夢明（ひらやま　ゆめあき）

1961年、神奈川県生まれ。“デルモンテ平山”名義で、映画・ビデオ批評から執筆活動をスタートし、1994年、『SINKER—沈むもの』で小説家としてデビュー。2006年、『独白するユニバーサル横メルカトル』で、第59回日本推理作家協会賞・短編部門を受賞。また、同作が表題作の短編集が、2007年版『このミステリーがすごい！』で第１位を獲得。2010年、『ダイナー』で第28回日本冒険小説協会大賞、2011年に第13回大藪春彦賞を受賞。

……こんな譚を聞いた。

「ブランド品だっていうから信頼して買ったんです」

丸山さんはあるオークションで競り落としたブランド物のブラウスについて、そう語った。

確かに驚くような安さではあったのだが、それは正規のショップのものであればという条件付きだった。

「送られてきたのをみると細かな裁断や縫製がいい加減で、とてもとても正規のショップで買ったものとは思えなかったんです」

彼女は直ちに出品者へメールを送った。

その内容は『この商品の縫製と裁断はとてもブランド品とはいえません。どちらでお求めになられましたか』というような内容だったという。

「頭から騙すつもりだったんだ、なんて考えてもみませんでした。相手だってそれを本物だと思って買ったかもしれないし……。ただ、どこで買ったか判ればこちらも納得がいったんです。質問欄で事前に尋ねなかった、こちらのミスでもありますから……」

つまり出品者が正規のブランド品だと信じて買ったとしても、それが屋台やフリーマーケットのようなところで買った物であれば仕方ないと納得できるということだった。

相手の返事はこうだった。

〈前略、いきなり人を疑ってかかってくるような哀しい人と取引をしてしまったことを残念に思います。こちらは誠意をもって取引していますので変ないいがかりは迷惑です〉

これには丸山さんもカチンときた。

頭から疑っているわけではないこと、正規のショップに問い合わせたところ、日本国内で生産されたものではありえないとの返答を貰ったことなどを添え、今回は仕方ないので諦めますと書いた。

それっきりになった。丸山さんは相手への評価を〈どちらでもない〉にした。

一週間後、仕事から帰ると部屋のなかが滅茶苦茶に荒らされていた。

棚は倒され、壁にペンキが撒かれ、トイレの排水は壊されていた。ベッドといわずカーペットといわず、部屋のあちこちに魚の内臓が撒かれ、テレビもビデオも使えなくなっていた。

通報で駆けつけた警察の話では所謂(いわゆる)、ピッキングで犯人は侵入したのだろうということだったが、奇妙なことがあった。

「犯人は何も盗っていってないんです」

　つまり、犯人は侵入し、彼女の部屋を破壊するとそのまま立ち去っているのであった。

「誰かに恨みを買うようなことはありませんでしたか」

　当時、彼女は思いつかなかった。

　何度も繰り返し尋ねられたが首を振るだけだった。

　窃盗ではなく、単なる住居不法侵入と器物損壊事件に格下げになった。

　捜査は未解決のまま終わった。

　

　その翌年の正月、黒い縁取りの年賀状が届いた。

〈最も悪い落札者です〉とあった。

　差出人も住所も出鱈目だった。

　警察に相談したが、もう取り合っては貰えなかった。

微笑む自画像　乾緑郎

乾緑郎（いぬい　ろくろう）

1971年、東京都生まれ。2010年８月、『忍び外伝』で第２回朝日時代小説大賞を受賞、同年10月、『完全なる首長竜の日』で第９回『このミステリーがすごい！』大賞を受賞してデビュー。他の著書に「機巧のイヴ」シリーズ、『ねなしぐさ　平賀源内の殺人』『ツキノネ』『愚か者（フリムン）の島』など多数。

アトリエの外からは、油蟬の騒がしい鳴き声が聞こえてくる。

窓を開け放って風通しを良くしていても、首筋や背中からは汗が噴き出してきた。前から調子が悪かったエアコンの取替工事は明後日だということだから、今は我慢するしかない。

「藤井さん、これ、ここでいいですか」

新しく買った整理棚を四苦八苦しながら組み立てていた僕に、田代さんが声を掛けてくる。彼女はこの美術予備校に通う高校三年生の現役受験生だ。

「ああ、後で梱包を解いて整理するから、段ボールの箱は、ひと先ず壁際に積んでおいて」

段ボール箱を抱えて立っている田代さんに、僕はそう指示すると、ポケットから財布を取り出した。

「悪いんだけど、コンビニで何か冷たい飲み物でも買ってきてくれないかな」

「休憩しますか」

「うん」

僕の手から千円札を受け取ると、田代さんは部屋を飛び出して行く。階段を駆け下りて行く音。元気なことだ。

部屋の中に乱雑に運び込まれたイーゼルやキャンバスの木枠などを眺めながら、僕は少しばかり懐かしさに浸る。

かつては僕も、この美術予備校に通う受験生だった。

今は都内の私立美大の油画科を卒業し、フリーでイラストレーターの仕事をしているが、それだけだと収入が安定しないので、少し前から講師としてこの美術予備校でバイトを始めた。

夏期講習が始まる前のこのタイミングで、古い備品を処分したり、倉庫として使われている部屋を整理することになり、下っ端のバイト講師である僕が、その作業をすることになったわけだ。一応、予備校の生徒たちにも手伝いをお願いしたのだが、来てくれたのは田代さん一人だけだった。

「荷物の移動は殆ど終わりましたけど、次はどうします？」

買ってきたスポーツドリンクのペットボトルの蓋を捻り、一気に半分ほど飲み干して、田代さんが言う。

「一応、この段ボールを全部開いて、整理してくれって頼まれてるんだよなあ……」

倉庫から出してきて積み上げられた段ボール箱を見ながら、少しばかりうんざりした気分で、僕はそう答えた。ざっと見ただけでも十数箱はある。中身は、過去にこの美術予備校に通っていた生徒の作品だった。講評で高い評価を得たものや、予備校主催のオープンデッサンコンクールで優秀賞を獲ったもの、美大合格者による再現作品などの参考作品の他、単に通っていた生徒が引き取りに来ずに置いていったものなども含まれている。

　予備校側の管理がずぼらだったせいで、十数年分の作品が溜まりに溜まっていて分類もされておらず、この機会に直近数年分のもの以外は選り分けて処分することになった。

「もしかしたら、藤井さんの予備校生時代の絵も出てくるかもしれませんね」

「いやあ、僕は劣等生だったからなあ……」

　別に謙遜しているわけではなく、実際そうだった。

　毎日のようにあった講師によるデッサンや油画の講評でも、上位に入れてもらったことは殆どない。

　そんな僕が、まがりなりにも大学に合格できるレベルのデッサンができるようになったのは、ある人との出会いがあったからだ。

　それは、桑原さんという女性だった。

　僕より二つ年上で、東京藝術大学……通称藝大を目指していたが、その当時、すでに二浪していた。

　美大受験は、一浪や二浪は当たり前の世界だ。特に難関と言われている藝大の門は狭く、現役で合格する方が珍しい。学科や専攻によっては、現役合格者が一人も出ない年もあるくらいだ。

藝大一本に絞っている受験生は、大雑把に二つに分かれる。どうしても藝大でなければというこだわりがある人と、経済的な理由で学費の安い藝大しか選択肢がない人の二種類だ。

桑原さんは、どちらかというと後者だった。浪人生は普通、昼間コースに通うことが多いのだが、桑原さんは日中はバイトをしており、現役高校生が多くいる夕方からのコースに通っていた。

高校での授業を終え、チャリを飛ばして予備校に通っていた僕がアトリエのドアを開くと、たいてい桑原さんが先に来ていて、イーゼルの前に座ってデッサンや油画の習作に取り組んでいた。桑原さんは小柄で眼鏡を掛けており、地味で大人しい雰囲気の人で、服が汚れないように、常にピンク色のツナギを着ていた。

僕はいつも通り、途中で寄ったコンビニで買った菓子パンやおにぎりを口に運びながら、桑原さんが紙に木炭を走らせたり、キャンバスに色を重ねたりしているのを、後ろから羨望の気持ちで眺めていた。高校生だった僕にとって、ほんの二つだけの違いでも、二十歳の女性はずいぶんと大人に感じられた。気軽に軽口で話し掛けられるような相手ではなかったのだ。

桑原さんは、デッサンが抜群に上手かった。

まるで写真で撮ったかのような正確な形の捉え方に加え、僕が苦手としていた光の表現が美しく、これで受からないなら、自分などとても無理だと戦慄させられるレベルで、僕に自信を失わせるのには十分だった。

「でもね、浪人が長いと技術は上がるけど、姑息な感じになっちゃうのよ。どうかこれで合格させてくださいっていう媚びた気持ちが絵に出ちゃうっていうか……。そういうのって見透かされるのよね」

すごいですね上手いですねと、我ながら貧困な語彙で感想を伝えようとした僕に、桑原さんが困ったように眉毛をハの字に曲げ、そう答えていたのを思い出す。

褒められて本当に困っているという感じだった。僕はデリカシーに欠けていたから気付かなかったけれど、浪人しているのに、目下である現役生から絵の出来を褒められるのは、桑原さんとしては複雑な気分だったに違いない。

そんなことを思い出しながら、僕は田代さんと一緒に、古いデッサンなどの整理を始めた。段ボール箱の中にぎっしりと詰め込まれている、作品保存用のB2くらいのサイズがある大判クリアファイルを一冊一冊開いては、絵の裏面に書かれた作者の署名と日付を確認し、古いものを選り分けていく。

作業を始めて三十分ほど経った頃、ある一枚の絵を見つけて、思わず僕の手が止まった。

桑原さん。

確かにそこには、懐かしい桑原さんの姿があった。

それは自画像だった。

記憶から薄れかかっていた桑原さんの姿が、木炭紙の上にフィキサチーフで定着させられている。

僕はそれをクリアファイルから取り出し、裏面の署名を確認する。間違いない。このデッサンには見覚えがあった。

他の予備校の生徒らも参加する予備校主催のオープンコンクールで、百名を超える受験生たちの中から一位を獲ったデッサンだった。


「あっ、藤井さん、おはようございます！」

夏期講習が始まって数日が経ち、僕が指導のために油画コースのアトリエに出勤すると、田代さんを含んだ数人の現役生たちが椅子を寄せ合って集まり、何やらわいわいと話に花を咲かせていた。

「おいおい、手を動かせよ現役生諸君。受験生には時間がないって自覚しろよな」

僕は荷物をロッカーに入れながら田代さんたちに軽く釘(くぎ)を刺す。浪人生の生徒たちは、このやり取りの最中も、我関せずといった様子で、無言でカルトンにクリップで挟まれた木炭紙に向かっている。

部屋の隅にあるホワイトボードには、前日の帰り際に主任講師である船木が書き残していった課題が走り書きされていた。「石膏デッサン。ジョルジュ像。提出午後五時」と書いてある。

高校は夏休みに入っており、予備校は夏期講習中は朝九時には鍵が開くのだが、船木が出勤してくるのは午後遅くで、講評は提出後の夕方から夜にかけてになる。

そのため、午前中は僕のようなバイト講師が、生徒たちの技術的な相談に乗ったりアドバイスをしたりすることになる。

実際の美大の実技試験では、ほんの五、六時間の短い制限時間内にモチーフやテーマに沿ったデッサンを完成させなければならない。繰り返しその訓練をしなければならないのだが、さすがに現役生たちは浪人生に比べると危機感が薄い。

「藤井さん、これ、ほら」

そう言って田代さんが僕に向けてきたのは、先日の片付けの際に見つけた、桑原さんがコンクールで一位を獲った自画像だった。

「この人、自殺したって本当ですか？」

「何だって」

そんな話を田代さんにした覚えはなかった。

「あれっ、藤井さん、知らないんですか？　受験に失敗して首を吊った生徒がいたっていう……」

「そんな噂があるのか？」

「しかも自殺した場所はこのアトリエで、夜になると幽霊も出るって……」

わざと押し殺したような言い方をする田代さんに、一緒にいた他の現役生が、はしゃいだような悲鳴を上げる。ふざけている様子で、本気でそんな噂を信じているわけではないようだ。

「コンクールで優勝した時の自画像が残っていて、何度処分しても、いつの間にか戻ってくるっていう……」

「で、そのデッサンがその自画像だと？」

「ええ。だってこれ、コンクールで一位を獲ったデッサンなんでしょう？　裏面にそう書いてあるし……」

「何を馬鹿なことを……。いいからそれは片付けてジョルジュ描けジョルジュ」

内心の動揺を悟られないようにしながら、僕は田代さんの手から自画像のデッサンを取り上げ、そう言った。

田代さんを含めた現役生たちも、そこまで噂を真に受けているわけではないのか、だるそうに「はーい」などと返事をしながら、それぞれの席に戻り、木炭などの道具の準備を始める。

ひどい噂だと思った。しかも僕が大学に入って卒業し、この予備校から何年も離れている間に、いろいろと妙な尾鰭が付いているようだ。

桑原さんが自殺だったかどうかはわからない。遺書が見つからなかったからだ。それから、予備校のアトリエで首を吊ったわけではない。駅のホームから落ち、電車に轢かれて亡くなったのだと聞いている。詳しい状況がどうだったのかまでは僕も知らない。

だが、桑原さんが亡くなったと聞いた時は、僕もすぐに自殺だろうと思った。

その年……僕が現役で受験に臨んだのと同じ年、桑原さんは、藝大油画専攻の一次試験に受かり、二次にまで進んでいた。

これだけでもすごいことだった。藝大油画は毎年千名近くが受験し、一次のデッサンで七百名から八百名ほどが落とされる。残酷なことに、何度受験しても一次も通らないということが実際に起こる。

二次試験は各学科や専攻に沿った課題が出される。油画の場合は、三日間かけてテーマに沿った一枚の絵を実際に完成させなければならない。

「実を言うとね、私、今年が駄目だったら、もう進学は諦めて就職しなきゃいけないんだ」

アトリエで二人きりになった時、桑原さんが不意にそんなことを言っていたのを僕は思い出す。

「え……でも、藝大じゃなくても、私立の美大だったら……」

「現役の時にそう思えていたら良かったんだけど、二回も藝大浪人しちゃったから……。もう私が大学に通うために貯めていたお金、残っていないって親に言われちゃった」

「でも、進学を諦めるなんてもったいないですよ！　桑原さんほど描ける人が……」

その時の僕は高校生だったから頭が回らなかったが、美大予備校は年間百万円近い授業料が掛かる。夏期講習や直前講座などの短期講習や、コンクールやクロッキー会などへの参加費、画材代まで含めたら、下手をすると通常の大学や専門学校に通うよりも高い学費が必要になる。

経済的な理由で藝大一本に志望を絞り、昼はバイトしながら予備校に通っていた桑原さんが、合格するまで何度でもチャレンジできるような恵まれた環境でないのは、少し考えればわかることだった。

だが、最悪だったのは、そのことではなかった。

全身全霊で最後の試験に挑み、そして落ちたのなら、桑原さんだって納得ができただろう。別に美大を出ていなければ絵を描き続けられないわけではない。在野から出てきて画家やイラストレーターやデザイナーになった人はいくらでもいる。考え方や気持ちを切り替えて、そういう形で新たな目標を定めることだってできた筈だ。

だが、二次試験最終日に起こった事件が、桑原さんのそんな希望すらも、おそらくは打ち砕いてしまった。

同室で試験を受けていた別の受験生が、試験終了直前に、突如、暴れ始めたのだ。

僕は人づてに後から聞いたのだが、その受験生は二次試験の途中から、すでに様子がおかしかったらしい。

油画というのは、エスキース……つまり実際に作画に入る前の構想スケッチの段階で失敗すると、取り返しがつかなくなることが多い。しかも三日間というのは、一枚の絵を完成させるには、ぎりぎりの時間だ。

エスキースに時間をかけすぎれば、最悪、未完成のまま時間切れになる。未完成の絵は採点の対象にならない。

かといって、二次試験初日にいきなり与えられるテーマに対し、確信が持てないまま中途半端にエスキースを終わらせて本番の作画に入ってしまうと、途中でこれじゃないと感じ始めたとしても、もう引き返せない。ただ絵を完成させるという最低限のゴールだけを目指して、自分を誤魔化しながら描き続ける、地獄のような時間を過ごすことになる。

その受験生は、おそらくそのどちらかに嵌まってしまったのだろう。桑原さんと同じく、もう後がないという切羽詰まった事情もあったのかもしれない。

終了まで二十分を切った時、その受験生は頭を掻き毟りながら雄叫びを上げ、道具箱の底からパレットナイフを取り出した。

「俺以外は全員落ちろ！　落ちろお！」

その受験生はそう叫びながら、パレットナイフを振り回し始めた。

幸い……とは言えないのだろうが、狙われたのは教室にいた他の受験生ではなく、完成間際だった他の受験生たちの作品だった。

その受験生は、他の受験生の絵を次々に切り付け、キャンバスをずたずたにした。教室内にいた担当試験官は女性で、すぐに取り押さえることもできず、騒ぎに気付いた他の試験官たちが入ってきて、やっと状況が収束された。

桑原さんは教室の端に逃げていて、目の前で自分の作品が台無しにされるのを目の当たりにした。ずたずたにされたのは絵だけではなく、おそらく桑原さんの心もだった。

被害にあった受験生たちに、試験のやり直しなどの救済措置は取られず、桑原さんの最後の受験は終わった。

同じ年、現役生だった僕は、第一志望だった私立美大に合格した。予備校生同士の噂話で、僕は桑原さんの身に起こった悲劇を知ったが、本人に会えることはもうなかった。

寝耳に水のように、桑原さんが死んだという知らせが入ってきたのは、その年のゴールデンウィーク前だったと思う。

「藤井さん、どうしたんですか」

不意に声がして、僕は我に返った。

田代さんから取り上げた桑原さんの自画像を見つめながら昔のことを思い出していたので、ぼんやりしていたようだ。

「もしかして藤井さん、その自画像の人、知り合いですか」

「いや……」

少し迷ってから、僕は曖昧にそう答え、絵をファイルに入れ、元の棚に戻した。

そしてふと、妙に思った。

桑原さんの自画像は、数日前に田代さんと一緒に作品の整理をした時に処分した筈だった。

実を言うと、個人的に持って帰ろうか少し迷ったのだが、やめておいた。何となく、僕の気持ちを落ち着かなくさせる絵だったからだ。

事務の人か、それとも他の講師の誰かが、廃棄作品としてまとめた箱の中から取り出してファイルに戻したのだろうか。

そう思ったが、何となく先ほど田代さんが言っていたことが引っ掛かっていた。

自殺した受験生の自画像が残っていて、何度処分してもいつの間にか戻ってくるという噂話だ。


「……とまあ、そういう噂話があるらしいんですけど、船木さん、知ってました？」

その日の講評が終わり、生徒たちが帰った後、アトリエの後片付けをしている最中、僕はその話を主任講師の船木にしてみた。

船木は、僕や桑原さんが通っていた頃から講師をしている。その頃からは数年が経っており、事務員なども入れ替わっているので、今この美術予備校にいるスタッフで桑原さんを直接覚えている人間は、おそらく僕と船木の二人だけだ。

「桑原か……いたよなあ、そんなやつ。お前、仲良かったんじゃなかったっけ」

クリアファイルから取り出した自画像を眺めながら、眉根を寄せて船木が言う。

「別に仲良いってほどじゃありませんでしたけど……」

それにしたって、「そんなやつ」扱いはないいんじゃないかと思い、僕は船木の言い方にカチンときた。

船木はもう五十近い年齢の筈だったが、長く伸ばした髪の毛は茶色く脱色していて髭を生やしており、夏場はいつもアロハにハーフパンツのような軽装で出勤してくる。本人はイケオジのつもりのようだが、僕から見るとシンプルにチャラくてダサい。

もう十年以上もこの美術予備校で教えており、受験用のデッサンや絵画の指導は確かに的確なのだが、僕は彼自身の作品というものを一度も見たことがなかった。個展を開いたり、雑誌や本の装画や広告のイラストを描いたという話も聞いたことがない。

僕はあまりこの人のことが好きじゃなかった。原因はもちろん、現役生としてこの予備校に通っていた時に、ずっと僕が描いたデッサンや油画を低く評価され続けたからだ。お前は現役合格は無理かもしれないなと言われたこともある。

僕のデッサンの腕前が、受験前年の秋くらいから急に伸び始めたのは、船木の指導ではなく、少しずつ親しくなっていた桑原さんが、個人的に描き方などを教えてくれるようになったからだと思っている。

みんな自分のことだけで精一杯だったから、桑原さんもそんな余裕はなかった筈なのだが、僕があまりに不甲斐なくて、毎日の講評でも船木にかなり厳しいことを言われていたからか、アトリエに生徒しかいない時や休憩時間などに、たまにデッサンの指導をしてくれるようになった。

「藤井くんは、もっとモチーフをよく見ないと駄目だよ。手先の問題じゃなくて、目の方の問題だと思う」

桑原さんは、すごく言葉を選んで気を遣いながら、そんなアドバイスをしてくれた。僕がお願いすると、何度も「ごめんね」と言いながら、僕の描いたデッサンに、木炭で手を入れてくれた。それは魔法のように思えた。桑原さんがほんの少し描き加えただけで、平面的だった僕のデッサンは立体となって浮かび上がり、光を得て輝き始めたようにすら見えた。

不思議なもので、暗闇の中にほんの少しの明かりがあればそちらに向かって歩んでいけるように、上達のヒントを得た僕は、自分でも驚くくらいに短い間に腕を上げた。船木はそれを自分の厳しい指導の賜物だと思っていたようだが、けしてそんなことはない。

僕は私立美大を第一志望にしていたので、桑原さんよりも合否の結果がわかるのがずっと早かった。僕は迷惑なのを承知で、藝大一次試験の準備に入っていた桑原さんにそれを報告しに行った。

午前中のまだ早い時間、思っていた通り、誰よりも早くアトリエに来ていたのは桑原さんだった。デッサンの準備に取り掛かっていた桑原さんに合格したことを伝えると、桑原さんはまるで自分のことのように、涙まで流して喜んでくれた。

その時の僕は、少し舞い上がっていたのかもしれない。

隠しておくつもりだった気持ちを、思わず口に出してしまったのだ。

桑原さん、大好きです。付き合ってください、と。

明らかに当惑した表情を浮かべ、桑原さんはこう答えた。

ごめんね。今は受験で頭がいっぱいで、そういうこと考えられないから……。

僕は恥ずかしさで顔から火が吹くかのような気持ちになり、逃げるようにアトリエを飛び出した。僕が桑原さんと会ったのはこれが最後だった。道具の引き上げなどで、まだ何度か予備校に行く用事はあったのだが、僕は桑原さんがいそうな時間を避けてそれを行った。

「藤井さあ、お前、もしかしてわざと桑原のデッサンだけ廃棄しないで残しておいた？」

受験生の頃の切ない思い出を頭に思い浮かべていた僕に、不意に船木が声を掛けてくる。

何か探りを入れるような口調だった。

「いえ、確かに廃棄作品の方に分類しました。田代さんが一緒だったから覚えていると思いますよ」

「田代が？」

船木が眉根を寄せ、訝（いぶか）しむような表情を浮かべる。

「お前、田代に桑原の予備校生時代の話をしたか」

「いえ、してませんけど……」

それでもあれこれ片付けの時の状況を聞いてくる船木を、僕は少し変だと感じたが、とにかく桑原さんの自画像デッサンは、船木の方で改めて処分するということになった。


田代さんから、泣きながら電話が掛かってきたのは、夏期講習が終わった翌日のことだった。

「藤井さん、助けてください。私もう、怖くてアトリエに行けません！」

その声を聞いた時、真っ先に思い浮かんだのは、例の桑原さんの自画像のことだった。

「え？　何かあったの。まさかあの自画像が何か……」

「冗談はやめてください！　私、真剣に話しているんです！」

違うみたいだ。

「ごめんごめん。悪かったよ。じゃあ一体……」

「船木先生ですよ、船木先生！」

興奮している田代さんを宥めながら、何とか話を聞いてみると、こういうことだったらしい。

夏期講習が終わった後、田代さんのスマホに船木から連絡があり、予備校が休みの日曜日にアトリエに出て来られないかと言われた。何でも、田代さんは見込みがあるから、予備校での指導とは別に、個人的に教えてあげたいということだった。

特に警戒することもなく、田代さんは予備校のアトリエに出掛けて行き、船木から個人的に指導を受けたが、二人きりでいるうちにだんだんと雰囲気がおかしくなってきた。

そして突然、手を握られてキスをせがまれたという。田代さんが驚いて拒否すると、今度は抱き付いてきたので、田代さんは船木を突き飛ばし、アトリエを飛び出してきたらしい。

幸いにしてスマホはポケットに入れていたが、手荷物や財布をアトリエに置いてきてしまったので取りに戻れない。助けに来てくれということだった。

僕は通話を切ると、早速、チャリにまたがり、田代さんと待ち合わせた予備校近くのコンビニに向かった。

そこで落ち合うと、僕は、荷物と財布は今から自分が一人でアトリエに取りに行って後で届けるから、田代さんは先に家に帰るようにと電車賃を渡した。田代さんは再び船木に会うのを嫌がっていたので、すぐに承知した。

これはかなりの問題だ。今までにも同じようなことを船木はやったことがあるのだろうか？

予備校に戻り、外からビルを見ると、アトリエにはまだ明かりが点いていた。

今日は休校日だから、エントランスから中に入っても事務方などの姿はなかった。船木が、個人的に預かっていたキーを使って勝手に鍵を開けて入ったのだろう。

僕は階段を上がって行き、アトリエの扉を開く。すぐに船木の声が聞こえてきた。

「やあ、戻ってきたね。さっきのは冗談だよ。あんなに驚くとは思ってなかったからさ。ごめんごめん」

そんな言い訳をしながら、船木がこちらを振り向く。そして立っているのが田代さんではなく僕だと気づき、眉根を寄せた。

「藤井じゃないか。どうした？　今日は休校日だぞ」

「助けてくれって田代さんから電話が掛かってきて、それで飛んできたんですよ」

僕がそう言うと、船木は気まずそうに目を逸らし、舌打ちをした。

「田代から何て聞いているか知らないが……」

「この件は、明日、校長と事務方に伝えます」

「おいおい、大袈裟すぎるだろ」

慌てた様子で船木が言う。

「僕はひと先ず田代さんに頼まれて荷物を取りに来ただけです。大袈裟かどうかは、船木さんが自分で校長に弁明してください。あと、田代さんにはご両親に事情を話すように言っておきましたから、場合によっては警察……」

「おいっ、調子に乗るなよ！」

突然、船木が怒鳴り声を上げ、手近にある椅子を蹴り倒した。

「お前、やっぱりわざと桑原のデッサンを残しておいただろう？　アトリエで首吊ったとか幽霊が出るとかの噂も、お前が田代に吹き込んで広めたのか？　せこい嫌がらせしやがって」

「何のことです」

船木を横目で睨みつけながら、僕は床に置かれている田代さんのバッグを掴む。財布は中に入っていると田代さんは言っていた。

「とぼけるなよ。俺と桑原が付き合っていたのは知っているんだろう」

初耳だった。

僕はあまりのことに言葉を失う。

「お前、桑原に告ってふられたらしいじゃないか。もてない男の嫉妬か？」

僕と桑原さんの二人しか知らない筈のことを船木が口にし、せせら笑うような表情を浮かべる。

「船木さん、その頃もう結婚していましたよね。不倫じゃないですか」

恥ずかしさと悔しさで乱れる心を必死に抑えながら、僕はそう言った。

「だから何だよ」

勝ち誇ったように船木が言う。

僕の脳裏に、あの時の桑原さんの言葉が蘇る。

ごめんね。今は受験で頭がいっぱいで、そういうこと考えられないから……。

あれは僕を傷つけないためについた嘘だったのだろうか。

「ああ、それから言っておくが、桑原が自殺したのは俺のせいじゃねえぞ。あいつの方から別れようって言ってきたんだ。今年こそ藝大に受かるために集中したいから、もうこういう関係は終わりにしたいってな」

すると、受験の真っ最中である一番つらい時期に、桑原さんはそんな気持ちを抱え、そして試験本番で、トラブルに巻き込まれたのか。

僕は強く拳を握る。これまでの人生で、人を殴ったことは一度もないけれど、初めて心から人を殴りたいと思った。

ドラマや漫画や小説なら、ここで一発、ぶっ飛ばして、気の利いた決め科白でも吐くところなのだろうが、僕はその気持ちをぐっと我慢して田代さんのバッグを摑む。

そして、部屋から出る間際、せめて何かひとこと文句を言ってやろうと船木の方を振り返り、そこで言葉を失った。

「何だよ。何か言いたいのなら、ちゃんとこっちを見ろ」

黙ったままの僕に向かって、煽（あお）るように船木が言う。

「……あの桑原さんの描いた自画像デッサン、どうしました」

「気味悪いから燃やしたよ」

その答えを聞き、僕はアトリエの外に出て扉を閉めた。

それから数日後、船木は主任講師を首になった。

田代さんの両親から烈火の如（ごと）きクレームが入り、僕も経緯について詳しく校長や事務方に伝えていたからだ。

今は新たに年配の女性講師が主任となり、田代さんも予備校を辞めることなく通ってきている。

船木が自殺したという話が耳に入ってきたのは、その年の暮れのことだった。失業後に再就職が上手くいかず、離婚して妻子とも別れた末のことだったという。

死んだのは、桑原さんが電車に飛び込んだのと同じ駅だった。偶然なのか、それとも船木がわざとその駅を選んだのかはわからない。

受験シーズンに入る直前だったので、僕は生徒たちの動揺の方を心配したが、さほどの影響はなかった。

「やっぱり自殺した受験生の呪いですかねえ」

口元に手を当て、深刻そうな表情を浮かべてそんなことを言う田代さんに僕は言う。

「そんな阿呆なこと考えている間に、一枚でも多く書けよ。もう時間ないんだから」

「はーい。でも、あの自画像、船木のやつが家に持って帰って燃やしたんですよね？意外とまたそこに戻っていたりして」

参考作品の入ったクリアファイルの並んだ棚を、田代さんが指差す。

「幽霊とか呪いとか、そんなもんこの世に存在しねえよ。気になるなら見てみたら」

「怖いからやめておきまーす」

田代さんはそう言い、書きかけのデッサンに戻る。

この数週間で、田代さんはびっくりするほど上達している。かつて現役生だった頃の僕が、桑原さんに教えてもらっていた時と同じように。

僕は思い出す。

この部屋で船木と言い合いになり、殴ってやりたい気持ちを我慢して田代さんのバッグを手に部屋を出ようとした時のことをだ。

ひとこと文句を言ってやろうと振り返った時、確かに船木のすぐ背後には、小柄で、眼鏡を掛けた、ピンク色のツナギを着た女の人が立っていた。

僕は言葉を失い、そちらを凝視した。

「何だよ。何か言いたいのなら、ちゃんとこっちを見ろ」

そんな僕に向かって、煽るような口調で船木はそう言った。

「……あの桑原さんの描いた自画像デッサン、どうしました」

「気味悪いから燃やしたよ」

船木がそう答えた瞬間に、そこに立っていた女の人の顔に浮かんだ表情を、僕は言い表すことができない。

もしかしたら、僕がこの美術予備校にバイト講師に来ることになったのは、桑原さんに呼び寄せられたからなのかもしれないなと僕は思った。自分が自殺した理由を、僕にだけは伝えたかったと桑原さんは思ったのかもしれない。

生徒たちが集中してデッサンに取り組んでいる中、僕は棚にある大判のクリアファイルに手を伸ばす。

あの自画像のデッサンが、戻ってきていても別に驚かないし、なかったとしてもそれはそれでいい。

だが、戻ってきていたとするなら、せめて少しは安らいだ微笑みを浮かべていて欲しいと願いながら、僕はクリアファイルを開いた。

ただいまオジサン　シークエンスはやとも

シークエンスはやとも（しーくえんす　はやとも）

1991年、東京都生まれ。吉本興業東京本社所属。「霊視芸人」として知られ、テレビ番組などに多数出演する他、怪談師としても活動。雑誌連載に『ポップな心霊論』、また著書に『ヤバい生き霊』がある。

これは僕自身の話なんですけどね。

僕、小さい頃にT川の近くに住んでたんですよ。今はわからないんですけど、昔はT川の近くってホームレスが沢山いたんです。

特に、下流の方なんかホームレスだらけなんですよ。

土手に行くとやたら背の高い草がぼうぼうに生えてるんですけど、その草のあたりに段ボールハウスが建ち並ぶさまが、もうひとつの村みたいになってて。

入れ替わり立ち代わり、山ほどのホームレスがそこで暮らしてたんですよ。

その中で「ただいまオジサン」って呼ばれてる人がいたんです。

「たっだいまー！　たっだいまー！　たっだいまー！」

って、ずっと叫んでるオジサンなんですけど。

小学生くらいの子供ってあんまり偏見とかないし、怖いもの知らずなところがあるじゃないですか。

僕ら子供もその声が聞こえると「ただいまオジサンだー！」なんて言ってて。

その「ただいまオジサン」の何が凄いかというと、実際にT川近辺にいたのは、たった数日だけなんですよ。

それなのに、その周辺地域では凄く話題になってたんです。

正確な日付は覚えてないですけど、恐らく二~三日くらいの間にT川近辺の学生の中では、口裂け女やトイレの花子さんみたいな感じで「ただいまオジサン」って存在が浸透してて。

五時になると鳴る帰りのチャイムありますよね。あんな感じで、オジサンの「ただいま」が聞こえると、じゃあ家に帰ろうかなんて話になったりもして、怖がるというよりは面白がっている子供の方が多かったと思います。

じゃあなんで、その「ただいまオジサン」が、数日しか土手にいなかったかっていうと……捕まったんですよ。

自分と同じホームレスを殺して、捕まっちゃったんです。

ホームレスの収入源の一つに、くず拾いがあるじゃないですか。空き缶とか、瓶とかを集めて持っていってお金に換えてもらうやつ。

その為に集めていた缶とか瓶を他のホームレスに勝手に持っていかれちゃって、それで腹が立ったから殺してしまったと。

で、そのホームレスを殺したその日からオジサンは「たっだいまー！」って叫んでいたらしいんですけど、僕らが聞いてたのって「ただいま」じゃなかったんです。

「たったいま」だったんですよ。

〝たった今、自分は人を殺したんだ〟というのを知らしめるために、「たったいまー！　たったいまー！　たったいまー！」って叫んでたんですって。

人を殺しておかしくなっちゃったのか、元々おかしかったのかはわからないですけど、本当のことを知らない方が良いこともありますよね。

あの時、面白がって「ただいまオジサン」の段ボールハウスに行っていたら、どうなっていたんだろうってたまに考える時がありますよ。

四ツ谷赤子

角由紀子

角由紀子（すみ　ゆきこ）

1982年生まれ。2013年に自身で立ち上げたウェブサイト「TOCANA」の編集長を務めた後、2022年に独立。『超ムーの世界R』『角由紀子の明日滅亡するラジオ』などオカルトや超常現象などに関するメディアに多数出演。各雑誌で連載を執筆中のほか、自身のYouTubeチャンネルも更新中。

武井さん（仮名）はオカルト業界や精神世界まわりでは有名な男性編集者だ。これは、同じくオカルト編集者で常にネタを集めている私が、とある飲み会で武井さんと出会った際に聞いた話だ。

「これねえ、実際に新聞に出た話なのよ……」

もう四十年くらい前の話だという。武井さんは、東京の四ツ谷に住んでいた。四ツ谷と言えば「東海道四谷怪談」のお岩さんを祀った「於岩稲荷田宮神社」や「陽運寺」があることでも有名で、今も連日訪れる人が後を絶たない有名スポットだ。また、歩いて行ける距離には「番長皿屋敷」の舞台となった帯坂もあり、日本の三大怪談の二つがこのあたりに名を残していることになる。

「僕がまだ若くて二十代だった頃だから、今ほどビルも建っていなくて、駅舎もあった時代だね」

社会人になりたてで東京の出版社に就職した武井さんは、四ツ谷のボロアパートで毎日を過ごしていた。近年はプライバシーを重視して近所の人と挨拶をする機会も減ってしまったが、当時は〝向こう三軒両隣〟……いや、もっと広範囲のご近所さんと毎日挨拶を交わし、気軽に立ち話をするような関係性を築いていた。アパート内の住民だけに限らず、近所の一軒家に住む人たちともお付き合いをするような時代だ。

近くにはAという若夫婦も住んでいた。彼らは比較的広い庭もある一軒家に住んでいて、とても朗らかで感じのよい二人だった。武井さんはよく彼らと他愛のない話をしていたという。近所の他の人も交えて何人かで道で話し込むこともあった。自分の健康状態だったり、地域の噂話だったり、困ったことがあれば助け合ったり……だから、顔見知り以上の関係性にはなっていた。

A夫妻の奥さんは美しい人だった。いつも身なりのよい恰好をしており、スタイルも良く、派手な顔ではないが、肌が綺麗で端整な顔の持ち主だ。美人ゆえに、近所の人々も彼女の存在をよく気にかけていた。

ある時、奥さんが妊娠した。

武井さんも幸せそうに街を歩く若夫婦を何度も見かけたし、奥さんと会話したことも覚えている。

「赤ちゃん、いつごろを予定しているのですか？」

「五月に出産予定なんですよ」

お腹をさすりながら微笑（ほほえ）む奥さんは、いかにも幸せそうだった。

時はたち、出産予定日近くの五月になると、奥さんのお腹はしっかりと膨らみ、はたから見ても臨月が近いことがわかった。

「最近子供がお腹を蹴るんです」と、順調な報告も聞いていた……のだが……。

五月の後半になると、奥さんのお腹はすっかり元通りになり、妊娠前のようなスタイルで街を歩く姿が目撃されるようになった。出産されたのだろう。だが、これまでの関係性を考えると、出産後には子供を抱えて挨拶に来るのが当然のような気がしていたので、とても違和感があった。奥さんも夫も、すれ違っても気まずそうに軽く会釈するだけですぐに通り過ぎてしまうのだ。

近所のおばさんたちが騒ぎ始めるのも当然だった。

「Aさんのとこ、お子さんを見せに来ないわよね」

「流産でもしたのか？」

「奇病をもった子が生まれたのか？」

皆、真相を知りたいけど、下手に聞くと夫妻を傷つけそうな気がして直球で質問することができずにいた。でも、ひとつ明らかになったことがある。

「流産ではないようだ。家で赤子が泣く声は聞こえてくる」

また、出産以前から少し噂になっていた〝妙な音〟が前にもまして増えているという報告も入ってきた。それは、

「A夫婦の家から、たまに小さな叫び声が聞こえ、その後、ドスンドスンという音がすることがある」

という話だった。

それから一カ月くらい経った頃だったろうか。しびれをきらした世話好きのお婆さんが、

「オレが、家に入って赤ん坊を見てくるわ」

と言い出したのだ。不法侵入である。それほど好奇心を掻き立てるトピックだったのだ。お婆さんは塀を越えてA宅に庭から侵入し、縁側の近くに置かれた揺りかごを発見した。

A夫婦がひた隠す秘密に怯えながら、恐る恐る揺りかごを覗いた。体に白いシーツ

をかけられ、後ろを向いた赤ん坊の頭が見える。

顔が見たくて、さらに奥を覗き込んだ。

「オギャアーーーーーーー」

そこには、奥さんに似た、美しい顔の赤ん坊があった。

――なあんだ。ちゃんと元気な赤ん坊じゃないか。なぜ夫妻はこの美しい赤ん坊を見せに来ないのだろう。

お婆さんは安堵と同時に不思議に思った。そして何気なく白いシーツを剝ぎ取った。すると、赤子の美しい顔の下は全部、蛇だったのだ。


――ぎゃあああああああああ！

お婆さんは目をひんむいて仰け反り、後ずさり、その後一目散に逃げ出したという。

これは後から聞いた話だが、実はこの家にはよく蛇が出ることを奥さんが嘆いていたそうで、蛇が出るたびにナタで殺し、庭に捨てていたのだという。

武井さんは、全身の皮膚が乾燥して、皮膚がうろこ状になる「魚鱗癬」の赤ん坊だったのではないかと思ったが、目撃情報によると、皮膚病ではなく「首から下が完全に蛇」だったそうだ。

この話は当時、地元紙でニュースとして取り上げられたそうだが、今は見つからず、武井さんは思い出すたびに探しているそうだ。

パクパク　11月のリサ・まむ

11月のリサ・まむ（じゅういちがつのりさ　まむ）

1995年、三重県生まれ。吉本興行東京本社所属。11月のリサというコンビでお笑いライブやテレビ番組などに出演。第15回山-1グランプリ優勝（日本テレビ「ダウンタウンのガキの使いやあらへんで！」）。ピンで怪談芸人としても活動し、NGK怪談2連覇のほか、怪談番組へも多数出演。

これは、僕が実際に経験した中で一番怖い、……というよりも気持ち悪い話ですね。

小さい頃から怪談とか恐怖映像を見るのが好きで、父親に頼み込んで心霊スポットに連れていってもらうほどだったんですよ。

でもその頃周りの同級生たちは皆アニメや漫画に夢中になっていましたから、同じレベルで熱くなって話せる友達はいなくて。

いつも一方的に僕が話して怖がらせるみたいなパターンが続いていたんですけど、高校にあがって、やっと同じくらいのテンションで話せる男友達ができたんです。

そいつも相当怖いものが好きなやつだったので、「このビデオは本物らしい」「この映画にはガチの霊が映りこんじゃったらしい」なんて、休み時間や帰り道に情報共有し合っては盛り上がってたんです。

ある日、そいつがめちゃくちゃ浮かれながら学校に来て、話を聞いてみたら「凄いレンタルビデオ屋があるらしい」って嬉しそうに言うんですよ。しかも、自分たちの住んでいるところからでも電車で行ける場所にあるらしいと。

そいつも詳細はよく知らないけど、とにかく凄いらしいっていうので、じゃあ一緒に行ってみようってことになったんですね。

いざ二人で行ってみると、思ったよりも小さな店でした。今みたいにチェーン店ばかりという時代ではなかったので、個人店であること自体には違和感なかったんですけど。界隈ではかなり有名な店だと言われていたので、あまりにもこぢんまりとした店構えに拍子抜けしたというか。

ドアを開けて入ると、ぱっと見てわかる違和感がいくつもありました。

普通のレンタルビデオ屋さんって、〝アクション〟だったり〝恋愛〟だったり、映像の内容によってジャンル分けして陳列されてるじゃないですか。

でも、その店はジャンル分けそのものがされていなくて。

〝心霊／ホラー〟しかないんですよ。専門店っていえばそれまでなんですけど、未だかつてそんな店には入ったことがないので少し不気味だなと思うと同時に、ある種の安っぽさも感じたというのが本心でした。

レジの前に1位から10位までのランキングがあって、それも内容が何か全くわからないんです。

どれも白いデータ用のコピーＤＶＤで、パッケージがないんですよ。かなり怪しいじゃないですか。高校生になる頃には僕もかなりの数のオカルト映像を観ていたので、パッケージである程度はその価値がわかるようになっていたんです。だからこそ、凄いと噂になるようなショップの品揃えを楽しみにしていたところもあったので。

せっかくここまで来たし、1位のやつを借りようって話になって、レジに持っていったら、店員さんが訝しげな顔をしてるんですね。

「1位のやつは高いけど大丈夫？」

そう聞かれて、確認してみたら、二泊三日で四〇〇〇円って書いてあるんですよ。正直高校生からしたら、結構な値段じゃないですか。

「何でそんなに高いんですか」って聞いたら、映画などの作品じゃなくて、ホームビデオとかにたまたま映ってしまったもので、供養の為にしかるべき場所に持ち込まれたものを高額で買い取ってるからだ、と。

「言っちゃえば、違法なものだから高いんだよ」

って、その店員さんは笑ってましたけど、僕達もじゃあ本物なんだって一気にテンションがあがって、そのまま借りて帰ったんですね。

家に着いて早速見ようってことになって、再生したら三十分くらいのホームビデオなんですよ。

小さい子供二人が公園でただ遊んでるだけの映像で、多分、撮ってるのは映ってる子供のうちの、どちらかの父親なんですよね。

結構古いビデオっぽくて、見てるテレビに画角が合わないのか、画面の周りに黒い縁が出来てるんですけど、まあ何気ない日常の一部を切り取ったような和やかな光景が映ってて。

しばらくブランコやシーソーで遊んでる様子が続いてたんですけど、回転するジャングルジムみたいな遊具で遊び始めた時に、その画面の黒い縁が段々、丸く下がってきてるんです。

最初は何となくそんな気がするな程度だったんですけど、そのまま見てたら、やっぱり少しずつ少しずつ丸い形に下がってきてるんですね。

しばらくして、「あ、これ逆さまになった人の頭だ」って気づいてしまって。

気づいた瞬間に、ガンッてその頭が下がってきたんですよ。今でもはっきり覚えてるんですけど、びっくりするくらい普通のおじさんの顔で。

で、そのおじさんがずっと口をパクパクさせてるので何か言ってるんじゃないかってテレビの音量を上げてみたんですよ。そしたら、吃音というか若干言葉に詰まる喋り方で、なかなか言いたいことが出てこない……みたいな感じなんですよね。

「あ、あっ、え、え……」

って、話し出す前みたいなのをずっとやっていて。

確かに不気味な映像だな、とは思ったんですけど、オカルト映像を沢山見てきた身としては、正直そこまででもないなというか、これが1位なのか……とは思ってしまったんですよね。偽物を摑まされたのかもしれない、と。

でも、横で見てた友達は凄く怖がってて。

息を殺して震えながら頭を抱えだして、ぱっと見ても尋常じゃない怯え方をしてるんですよ。

僕としては、そいつも同じくらい怖いものが好きだから、大したことなかったなって同じ感想が出てくると思ってたので内心ショックを受けつつ、「そんなに怖かったか？」って聞いたら、

「この映像に映ってるの、俺だ」

って言いだしたんですよ。画面の縁のおじさんに驚いてたわけじゃなくて、そのビデオの主人公が自分だってことに、そいつはびっくりしてて。

「ここは○○公園で、ビデオ撮ってもらったのも思い出した」って、すぐにお父さんに電話して、確認し始めたんです。

小さい頃に○○公園で遊んでるのを撮ってたのを覚えてるか、って聞いたらそいつの父親が中々はっきりしないというか答えを濁すんですね。

そんなことあったかな……と、誤魔化そうとする様子なので、しびれを切らしたそいつが、今自分はその映像を持っていて見てるって言ったら、途端にお父さんの様子が変わって、「何で持ってるんだ！」って言いだして。

怒っているというよりは、焦っている感じなんですよね。

お父さんいわく「変なものが映りこんじゃったから供養に出して、お祓(はら)いしてもらったはずだ」と。

凄い偶然ですよね。本人も知らないうちに出演してた恐怖映像を、巡り巡って本人が見ることになるなんて。

で、映ってたもう一人の子はそいつの幼稚園からの幼馴染らしくて、その子にも知らせようって電話をかけたんですよ。

ビデオをレンタルした経緯や内容を説明して、「こんなおじさんが映ってたけど、覚えてる？」って聞いて。

「いや、ちょっと覚えてないな……」って返ってきたところで急に電話が切れてしまったんですよ。

その切れ方も、その幼馴染が自ら切ったというよりも、切れざるを得ない状況に巻き込まれたとしか思えないような物凄い音が電話の向こう側でしたらしくて。

その時は「なんか不気味だな」くらいで解散したんですけど、次の日、友達は学校に来てなかったんですね。

昨日の今日だし流石に心配になって電話したら、

「偶然だと思うけど、昨日電話した幼馴染が電話の最中に事故に遭ってた」って言うんですよ。

「今からお見舞いに行くけどお前も来るか」って言われて、相手は僕の事を全然知らないのに行ってもいいのか迷ったんですけど、こうなったら最後まで見届けたい気持ちもあったので、学校を早退して病院に向かったんです。

一時は集中治療室に入るくらいの結構大きい事故だったらしくて、僕が着いた時もまだガラス越しにしか面会できないような状態だったんですね。

動けないようにコルセットか何かで固定されてるんですけど、横向きに寝ていたので、顔を見ることはできたんです。

でも、見えなきゃよかったなと今でも思ってます。

寝てるはずなのに、口が動いてるんですよ。パクパクって。

ガラス越しなので音は聞こえなかったですけど、あのおじさんの声が脳内で再生されるくらい同じようにパクパクしてて、怖くなって逃げるように帰ってしまったんですよね。

怖いもの好きな友達とは今でも交流がありますけど、その幼馴染がどうなったのかは未だに聞けていません。

めのちしゅごり　岡崎琢磨

岡崎琢磨（おかざき　たくま）

1986年、福岡県生まれ。京都大学法学部卒業。2012年、第10回『このミステリーがすごい！』大賞・隠し玉として『珈琲店タレーランの事件簿　また会えたなら、あなたの淹れた珈琲を』でデビュー。同書にて2013年、第１回京都本大賞を受賞。他の著書に『Butterfly World　最後の六日間』『貴方のために綴る18の物語』『夏を取り戻す』『春待ち雑貨店　ぷらんたん』など多数。

――みなさんは、**めのちしゅごり**という言葉をご存じでしょうか。

おそらく、ほとんどの方は初めて聞いたとおっしゃるでしょう。中には知っているという方もいらっしゃるかもしれませんが、聞いたことがある、という程度の方はいないはずです。なぜならこの言葉は性質上、一度聞いてしまったら決して忘れることのできないものだからです。

私が初めてこの言葉を耳にしたのは、いまからおよそ三年前のことです。

当時はまだ新型コロナウイルスなんてものは世の中に影も形もなく、私は東京に住む小説家仲間たちと、定期的に飲み会を開いておりました。来る者は拒まず去る者は追わず、その日締切に追われていない人間が集まるだけの、至って気ままな会です。小説家というとグルメな印象を持たれることも少なくないのですが、私たちはいずれも酒さえ飲めればいいというタチで、その日もどこにでもあるチェーンの安居酒屋の座敷で、大してうまくもないつまみをつつきながら日ごろの鬱憤を晴らしておりました。

先輩作家のAさんが唐突に、こんな風に切り出したのは、夜も更けて会の終わりが近づいたころのことでした。

「おまえら、めのちしゅごりって知ってるか」

その場にいた残りの五人の作家は、そろって首を横に振りました。

酒はお好きだけれど決して強くはなかったAさんは、顔を真っ赤にして続けます。

「四年くらい前だったか、ホラー小説の取材で、東北地方（作者注：特定の地域にご迷惑がかかるといけないのでぼかします。Aさんは具体的な地名を挙げておられました）の山間（やまあい）に住む霊媒師さんとお話しさせてもらったことがあってな。その方から聞いた言葉だ」

「いやにもったいぶりますね」

私はにやにやしながら茶々を入れました。どちらかと言えば、そのような形で目上の方とコミュニケーションを取るのを得意としていたのです。

Aさんは、くすりともしませんでした。

「とにかく小説のネタを持って帰らないといけないからな、手あたり次第、その人の体験談を引き出していった。とんでもなくおもしろい話もあれば、こりゃあだめだと思った話もあったけど、途中でその人の機嫌損ねてもいけないからってんで、いちいちオーバーリアクション取ってたわけよ。へえ、マジですか、すごいっすねえ、なんて言いながらな。そしたらその人も興が乗ってきたんだろうな、最後の最後で、これだけは絶対に口にしてはいけないし耳にしてもいけないんだが、とか何とか前置きして、でも作家先生がわざわざこんな辺鄙（へんぴ）な場所までおいでなすったのだから特別に、って感じで教えてくれた」

その時点で、場にはどちらかといえば白けたムードが漂っていました。無理もないでしょう、伝聞によるとその霊媒師は、妙に調子がいいようでしたから。けれども先輩のお話なので腐すわけにもいかず、私たちは黙って耳を傾けていました。

「めのちしゅごりってのは、その地方の村に古くから伝わる、祟り(たた)の言葉なんだそうだ」

作家の一人が、唾を呑(の)む音が聞こえました。

「もともとは物の怪(け)の類いに取り憑(つ)かれた、村の女が吐いた言葉だったらしい。人にあらざる存在の、鳴き声のようなものだから、言葉そのものに意味はない」

このでたらめな響きを持つ言葉は方言なのだろうという、私の見込みは外れました。

「女がわけのわからない言葉を叫びながらのたうち回るものだから、村の者は困り果てたあげくに霊媒師を呼んだ。霊媒師は物の怪との対話に成功したが、そこで物の怪はこんなことを言った」

――この女の声を聞きしすべての者に祟りを与えん。めのちしゅごりをただ一人に伝えねば、必ずやその者に災いが降りかかるであろう。

「ただ一人に伝えねば？　それ、どういう意味ですか」

代表して質問した私に、Ａさんは無言で一瞥(いちべつ)をくれてから、続けました。

「やがて女は正気を取り戻したが、その騒動も忘れ去られかけたころに突然、村で不審な死者が続出するようになった。それらはみな、確かに女がめのちしゅごりと言うのを耳にした連中だったそうだ。一方で、同じくめのちしゅごりを聞いたのに、何事もなく生き永らえているやつもいた」

雲行きが怪しくなってきました。Aさんの口調にも熱がこもります。

「くだんの霊媒師は、村人の変死の原因が、物の怪の祟りにあると考えた。そして生き延びた村人たちに調査をした結果、彼らはいずれも物の怪が言ったとおり、めのちしゅごりという言葉を自分以外のたった一人にのみ伝えていたことが判明した。さらに恐ろしいことには、その言葉を伝えた相手——妻であったり、親であったり、行商人であったりした——もまた、一部亡くなっていることがわかったんだよ」

もしかすると私たちは、聞いてはいけない話を聞いてしまっているのではないか。そんな悪い予感が頭をもたげましたが、もはや手遅れです。

「霊媒師はさらに調査を進め、めのちしゅごりの祟りには法則があることを突き止めた。それは、次のようなものだ」

①めのちしゅごりという言葉を知った者には祟りが訪れる。その者は五年以内に、生きている人間一人に対し、めのちしゅごりという言葉を伝えなければならない。

②五年以内にめのちしゅごりを誰にも伝えなかった場合、その者は死ぬ。

③経過した時間を問わず、二人以上にめのちしゅごりを伝えた者は死ぬ。その場合でも、伝えられた者全員に祟りが訪れる。
④めのちしゅごりの祟りは、その者が祟りの内容について把握しているか否かを問わない。
⑤めのちしゅごりを伝える相手は、その時点で生きていればよい。ただし、眠っているときや騒音により聞き取れなかったときなど、伝えられた者がめのちしゅごりという言葉を認識できなかった場合は無効である。
⑥めのちしゅごりを知る、および伝える手段は、音声であるか文字であるかを問わない。
⑦めのちしゅごりを伝えるにあたっては、直接伝えた相手のみを有効とする。したがって、何らかの記録媒体を用いるときでも、記録者がその記録を直接示した相手だけを一人として数える。

たとえば手紙にめのちしゅごりと記した場合、その手紙を受け取った者が別の者に手紙を示したとしても、手紙の筆記者が伝えた相手は最初の一人のみである。一方、受け取った手紙を別の者に示した者は、その時点で一人に伝えたと数えられる。ただし、めのちしゅごりという言葉を知らない者に祟りは訪れないので、手紙を受け取った者が開封することなく次の人に渡してしまった場合には、手紙の筆記者から開封した者へと伝えられたことになる。

また、意図せず記録媒体を見られてしまった場合は、その時点で媒体を所有していた者が伝えたと数えられる。ただしこのときも、所有者がめのちしゅごりという言葉をまだ知らなければ、その前の所有者が伝えたことになる。

⑧伝えた相手がすでにめのちしゅごりを知っていた場合、一人に伝えたとは数えられず、伝えられた者に二度目の祟りが訪れることもない。これは、伝えられた者がすでにめのちしゅごりを知っていることを意図的に伏せた場合でも同様である。

⑨めのちしゅごりに関する話をしたとしても、めのちしゅごりという言葉そのものを伝えなければ有効にはならない。ただし、たとえば「のちしゅごり」と伝えておいて、あとから「頭に『め』を足す」と伝えるなどして、相手がめのちしゅごりという言葉を思い浮かべた場合はその時点で有効となる。より難解な暗号などを用いた場合でも、基準は相手がめのちしゅごりという言葉を思い浮かべられたかどうか、である。

Aさんの唱えた法則を反芻（はんすう）しながら、私は喉がカラカラになっていくのを感じました。

「質問」

沈黙を破ったのは、私より年下のミステリ作家でした。

「その霊媒師さん――Aさんがお会いになったほうの、です――は、明らかに法則を破ってますよね。どうしてAさんにその話をしてくださったんですか」

「おれが会った時点で、九十過ぎのばあさんだったんだよ。自分はどうせもうじき死ぬから、と話していた。実際に、それから一年経ったくらいか、くたばったって聞いたな」

質問した作家は、うさんくさいとでも言いたげでした。

「五年っていうのがどうも……日本では、太陽暦が導入されたのは明治六年ですよ。それ以前の古い伝承なら、現在の暦で期限が区切られているのはおかしいのでは、と」

「それはあくまで統計だ。少なくとも、太陽暦に換算して五年以内に祟りと思われる死に方をしている人はいなかったらしい。逆に、ぴったり五年が過ぎた瞬間に突然死するってわけでもない」

「こっちもいいですか」

続いて手を挙げたのは、私です。

「法則の④が気になっていて。その言葉を、何も説明せず響きだけ伝えたら、五年以上かかるとはいえ簡単に相手を殺せちゃいますよね」

めのちしゅごりと口に出さなかったのは、念のためです。店には別の客がいたので、それらの客が先ほどの話を聞いておらず、私の声だけがたまたま耳に入ってしまったら、その時点で伝えた相手としてカウントされてしまうのではないか、ということを懸念したのでした。

Aさんは、不気味な笑みを浮かべます。

「そうやって気づかないうちに殺された人が、この世の中には大勢いるのかもしれないなあ」

知らず、私は身震いをしました。Aさんはもともと年齢やキャリアに似合わない、ティーンエイジャーのようなやんちゃさを持ち合わせてはいましたが、基本的には後輩作家にもフランクに接してくださる優しい方でした。けれどもこのときばかりは、Aさんの話の中に、何かどす黒い悪意のようなものを見出さざるを得なかったのです。

すると作家の一人が、乾いた笑い声を立てました。

「あっはっは。いやあ、なかなかおもしろいお話でしたよ。でもこれ、全部Aさんの作り話なんでしょう？　さすがは小説家さんですね」

Aさんが、ぎらりとした目を向けました。

「なぜそう思う？」

「だって、もしその話が本当なら、Aさん死んじゃうじゃないですか。仮にこの場にAさん以外、祟りについて知っている者がいなければ、同時に五人に伝えたことになるんですから」

私は思わず、あっと声を発しました。話に夢中になるあまり、そんなことにも思い至っていなかったのです。

Ａさんは手元にあった焼酎の水割りのグラスに口をつけ、一呼吸おいてからつぶやきました。

「つくづく、小説家ってのは業が深い生き物だよな」

「と、言うと？」

「この話を聞いたとき、おれ、身をもって確かめたくなっちまったんだよ。本当に、この世に祟りなんてものがあるのかを、さ」

そして、Ａさんは小さく笑います。

「ま、信じるか信じないかはおまえらの自由だ。おれは別に、おまえらに迷惑をかけたかったわけじゃない」

それでも、と言ったＡさんの顔を見たとき、私は生まれて初めて、死相というものを自分の目で理解したような気がしました。

「もしおれが死んだら、そのときはこの祟りが本物だってこと、おまえらの力で世間に知らしめてくれよな」

私たち五人の作家はみな、約束したようなしていないような、あいまいなうなずきを返すにとどめました。

――Ａさんがその後どうなったか、ですか？

亡くなりました。ちょっとはニュースになったから、ご存じの方も少なくないはずです。

自殺だったそうですよ。表向きは、病死ということにされたみたいでしたけど。

だから、私はいまだに答えを出せずにいるのです。Aさんは、あのときすでに死ぬことを決意していて、小説家らしくもっとも強烈な置き土産を、自身の命と引き換えに、この世に遺していったのでしょうか。

それとも——祟りは本当に、この世に存在するのでしょうか。


実は、私がこの作品を書こうと思ったのは、Aさんの死を受けてのことなのです。

私は、たとえほんの数パーセントでも祟りが本物である可能性はあると考え、これまでめのちしゅごりについて誰にも話してきませんでした。おそらく、ほかの作家陣も同様だったでしょう。言ってしまえば、Aさんが死ぬかどうか、様子を見ていたのです。

そして、Aさんは死にました。むろん、それで祟りが本物であると確定したわけではありませんし、私を含め五人の作家はいまのところぴんぴんしています。ですが少なくとも、偽物であると断定する材料は、現時点で何一つありません。

そこで私は、慕うべき先輩作家のAさんを哀悼するため、Aさんとの約束を守ることにしました。とはいえ、言うまでもなく、私も自分の命が惜しいのです。

私はめのちしゅごりの祟りの法則を入念に検討し、その結果、一つの結論を出しました。

それは、たとえこの作品を書いても、私が祟りによって死ぬことはない、というものです。

なぜかって？

だって、私が書いた原稿のデータは、担当編集者さんにしかお送りしませんから。

やはり、小説家というのは業が深い生き物です。私は担当編集者さんに祟りが訪れるのを承知のうえで、それでもこの話を書きたい、書かなければならないという、使命感のほうを優先させたのです。

私はこの世でただ一人、担当編集者さんにめのちしゅごりという言葉を伝えて、それでおしまいです。担当編集者さんには死んでほしくありませんから、何とかして祟りを切り抜けてほしいと思いますが、誰よりも小説の価値を理解する彼女のことですから、きっとどうにかしてこの作品を世に出してくださるでしょう。

担当編集者さんが死ななかったとしても、編集長さん、校正さん、営業さん、印刷会社の方、取次さん、書店員さん、書評家さん、この本で競演する書き手のみなさん、そして読者さんと、大勢の方に祟りが訪れることは避けられません。果たして最終的に、祟りによって何名の方が命を落とされるのでしょうか。私には、皆目見当もつきません。

ああ、でも、もちろんそれは、祟りが本物だった場合の話です。

どうせみなさん、信じないでしょう？　小説家が文章にしたためることなんて、何から何まで嘘八百なのですから。

それでよいのです。私だって、Aさんのお話を頭から真に受けているわけではありません。万が一、私が多くの人間を死に至らしめた極悪人として糾弾される日が来たあかつきには、その全責任を一手に担うべく、Aさんのお名前は伏せさせていただきましたが。

このお話を読まれたあなたがどう判断されるかは、あなたの自由です。ただ一つ、私があなたの死を望まないということだけは、ここに明記させていただきます。

それではみなさま、どうかご無事で。

（追記：担当編集者さんは祟りの言葉をわざと書き換えて入稿し、ゲラに「ここは私が書き換えます」と注釈を加えたうえで、最終のゲラでそのとおりにしたようだ。それにより、彼女がその言葉を伝える相手は一人で済むらしい。私は彼女が自分の担当でいてくださることを、心よりうれしく思う）

根の石　柊サナカ

柊サナカ（ひいらぎ　さなか）

1974年、香川県生まれ。2012年、第11回『このミステリーがすごい！』大賞・隠し玉として『婚活島戦記』でデビュー。他の著書に「谷中レトロカメラ店の謎日和」シリーズ、『人生写真館の奇跡』『天国からの宅配便』などがある。

なぜか、皆で怖い話をしようということになった。

　手持ちの花火も終わってしまったし、良い具合に月のない夜だ。静かな海辺、映画研究同好会の女三人、男三人で、このまま帰ってしまうのはちょっと惜しい雰囲気でもある。

　夏となれば怪談。ひとりひとり、とっておきの怖い話をする。崖のところに立つ幽霊、寺に奇妙な写真を持っていった話、いろんな話が出て、最後にこの映画研究同好会の新入りである、三上和人（みかみかずと）の番が回ってきた。

　他の皆が、半袖にビーチサンダルなどのラフな格好なのに対し、新入りの三上は夏だというのに長袖、いつものように革靴を履いて、半端に伸びかけた髪でかしこまっている。三上は大学進学とともに上京してきて、まだ知り合いもあまりいない。そう口数の多い方ではないということもあり、同好会のメンバーとも、三上は完全にうちとけているとは言えなかった。こういった怪談話などで盛り上がったら、メンバーの皆とも早く馴染（なじ）むんじゃないかと、リーダーが気を利かせてくれたらしい。

　三上は、「えー、俺、別にそんなに話上手（うま）くないから」と逃げようとしていたが、それでもまあまあ、まあまあと皆におだてられて、何か一つ、簡単でも良いから、怖い話をしてと頼まれる。

　三上は、ぽつぽつと話し始めた。

——俺の住んでいたところは古い土地で、スーパーまで車で三十分かかるような、田舎の方なんだ。都会の人たちは「自然が多くて良いねえ」とか言うけど、何が良いのかよくわからないな。

山の間にへばりつくみたいにして集落がある。全員顔見知りだよ。見知らぬ人間を見かけたら、それだけで一大ニュースになって、風より速く村中に噂が伝達するくらいの、辺鄙なところ。まあ、何にもないところなんだ。

中学のとき、ちょうど美術の時間で、あれ、油性ラッカーって言うのかな、まあ油性の塗料を使っていて、それがまだたくさん余っていた。色は黒。あまりにも暇で、使い道のない黒い塗料を見ていると、これで何か遊べたらなあと思った。悪戯を仕掛けようってね。河原でなるべく綺麗な石を拾ってきた。その石に、塗料を使って、見るからにヤバそうな文様を描いたんだよ。

まあ、適当さ。三角と三角を重ねて星みたいにして、目のマークも入れて。周りに意味ありげな火と、土と、風と、黒い雫のイラストをバランスよく入れた。適当に作った割りには、見るからに禍々しいものができたよ。「呪」と入れようかなと思ったけど、呪だと、あまりにもありきたりかなと思って、「根」って書いたんだ。なんで「根」なのかというと、ちょうど担任の名前が山根で、宿題プリントの隅に山根のハンコが見えていたからだ。だから、「根」。特に意味はない。

でも、その奇妙な文様の横に、「根」って書いてみると、いかにも呪物っぽくてゾクゾクしたよ。その塗料のかすれようもよかった。実にそれらしい。

なんとなく、俺はその石の出来のよさに「車が欲しいです。できたらスポーツカーで……えーと、スープラが欲しいです。スープラに乗ってみたいです」などと、ふざけて手を合わせて祈ってみた。いくらくらいだろうと、スープラの値段を調べたら、なんとお値段七百三十一万円。まあ、今もこれからも、ずっと手は届かないだろうけれど、夢くらいは大きく見たいからね。

で、その絵を描いた石を、村の神社の境内に転がしておいたというわけ。

数日間は、誰か石の話をしていないかなあと、そわそわしていたけれど、誰ひとり石の話をしないものだから、がっかりしたよ。もしかしたら、ゴミだと思われて、神社の掃除のときに捨てられてしまったのかもしれないし、珍しがって、誰かが持って帰ったのかもしれない。

そんな悪戯をしたこともすっかり忘れかけていたある日、誰かが「呪いの石」の話をしているのを耳にした。

その「呪いの石」は強い霊気を発しており、触った人は原因不明の症状で死ぬ、とか、事故に遭うとか、もっともらしい怪談話が出てきて、それを聞いた皆は、おびえて色を失って……。その石は夜に転がって歩き回るとか、捨てても捨てても家にやってくるとか、いろんな話が次から次へと出てきて、俺はもう、おかしくておかしくて。その石を書いたのは俺だー、と言いたくなるのをこらえたよ。

　でも、そうこうしているうちに、本当に事故に遭った子が出てきた。その石を妙に思って、素手で触ってしまった子らしい。草刈りの刃で指を――それも、ちょうど石を触った指のあたりを――ざっくりいってしまったらしいんだ。まあ命に別状はなかったけれど、けっこうな傷で、あわてて街の総合病院まで運ばれていったということだ。縫合はうまくいったらしいけど、一家で引っ越してしまったから、その後はわからない。

　あの石には呪いの力なんてまったくなくて、ただの落書きだ。でも偶然とはいえ、怪我をした子が実際に出てくると、村の皆は奇妙な石に震え上がり、石の話題を出すのも憚るくらいになった。

　で、村で祈禱師を呼んだんだ。髪の真っ白な、中年の女の人だった。鈴を持って舞いみたいなのをしたり、何か石に語りかけたり、鋭くお経や呪文のようなものを唱えたり。俺も頼んで、その場に立ち会わせてもらった。犯人は犯行現場に戻る、じゃないけど、ことの顛末が気になったんだ。

　その祈禱師が、「これはただの悪戯ですね……」と言い出すのを待っていた。言われれば、いさぎよく「これを書いたのは俺です、悪ふざけしてすみませんでしたっ！」と謝る気だった。大人たちには、叱られるかもしれないが、覚悟の上だ。

でも、祈禱師は祈禱の途中で、ものすごい悲鳴を上げながら倒れてしまった。口から泡を吹いている。あわてて介抱したら、うめき声まじりに、「この呪い石は恐ろしい力を秘めています……恐ろしい……」と言い、礼金にも手を付けず逃げ帰ってしまった。

その場で、明るく白状してしまえばよかったのだ。これは呪い石なんかじゃなくて、自分が描いた、ただの落書きだって。今でも思う。

でも、皆がその石を見る目つきを前にして、何も言えなくなった。皆、この石を心底、恐れている。その石は、白い呪布で包まれ、特別な鉛の箱に収められて、神社の境内深くに埋められることとなった。

これでもう何もかも終わったんだ、と思った。

でも、その埋めたはずの石を、道端でまた見たと主張する人が出てきた。あんなにも深く埋めたのだ、そんなはずはないだろうと思ったが、その人は「根が来る根が来る」と耳を押さえ、日がな一日、ずっとブツブツ言うのみとなってしまった。あれはほんの、軽い冗談のつもりだったのに。

この話の広がりように、さすがに良心が痛んで、俺は祖父だけに真実を打ち明けようと思った。祖父なら、この話をうまくぼかして、ただの子供の悪戯だったと、皆に噂を流してくれるだろうことを期待して。

あの石の文様は俺が描いた、と言ったとき、祖父は真っ青になった。なんてことを……と言い、黙ってしまった。

「じいちゃんごめん。俺、悪戯で。塗料を使って描いたんだ。根っていうのも意味が無くて、ちょうど山根先生の名前を目にしたから。文様も適当で……」

祖父はあわててあちこち電話をかけて人を呼び、その間に離れに移動させられた。あっという間に八人くらい、男ばかり、村人がやってきた。「あれを書いたのはうちの孫だそうだ……」と言い、祖父は肩を落とした。

「…………うちの孫は、助かりましょうか」と聞いて、祖父は、皆の顔を見た。祖父と八人の男達は、こちらを妙に静かな目で見つめている。

「え、助かるって何。だってあれ、俺が描いたんだって。本当にすみません、だから助かるとか、そういう呪いのアレじゃなくて。落書きだから。ただの落書き」

一人が、ぼろぼろの古文書を見せてきた。「和人が描いたのはこれだろう」と言う。見れば、ぼろぼろのページに読めない文字で、墨で何かびっしり描き付けてある。

その絵を見て、あっと息を呑んだ。俺の描いたいいかげんな文様と、何から何まで、ぴったり同じだった。絵や配置、「根」という文字まで。

いきなり、一人に飛びかかられて、身体を押さえつけられた。皆、足や手を押さえつける。和人ごめんな、かんにんな、と言いつつ、口の中に布を巻いた木の棒をさるぐつわみたいに差し込まれた。左腕もきつく根元から縛られる。

手も足もがっちり固定されてしまった。移動させられて、土間にいつの間にか敷かれたブルーシートの上に横たえられる。さすがに八人相手に、どうあがこうとも動けない。

「根のものは、まず指からだ」「まだ肩までは根が進んでない、大丈夫だろう」「頭まで来たら手遅れだ」みたいなことを口々に言っている。

俺はぺっと口から木の棒を吐き出して「じいちゃん助けて！」と叫んだ。

「和人、今助けてやるからな。――お願いします」と、祖父は男たちに頭を下げた。

ギュイーン、とすぐそばで音がして、心臓が止まりそうになった。

林業の盛んな土地だから、電動のこぎりなんて、どこの家にもある。

「和人、しっかりな」「いま助けてやるからな」「ちょっとだけがんばれ」

口々に叫びながら、だんだん電動のこぎりの音が大きくなって……

気がついたら、病院だった。

あ、そうだ。表向きは、林業手伝い中のもらい事故ということにしたから、保険が下りたんだ、七百三十一万円。ちょうどスープラと同じ値段だったよ。

片手でご飯を食べるのも、もう慣れてきたけどね。これが、俺がいつも、長袖を着ている理由――

と、三上が長袖からにゅっと左腕を出した。手首から先がない。

ものすごい悲鳴があがった。

「やあ、どうだった、本気にした？　ごめんごめん」と、三上が手首から先を出す。手首のところで深く曲げて、先がないように見せかけていただけだった。女の子たちは泣き出すし、お前その話怖すぎだろ、もうちょっとライトなのにしろよ！　などと皆に散々叱られた。

まあこれを機に、皆とうちとけられたので、よかったのだろう。

「三上っち、超怖かったー」「もー、三上くん反則だよ」なんて言われながら、深夜営業のファミレスで飲み直し、映画ネタでいろいろ楽しく喋(しゃべ)って、始発で家に帰った。

三上は、下宿先のワンルームに帰宅した。ふと見れば、同好会のリーダーから写真付きでメッセージが来ている。

〈三上君さあ、あの話めっちゃ怖かった上に、この石！　帰って鞄(かばん)開けたらびっくりしたよ、石、持ち歩いてたの？　びびるからやめてよー、もー、冗談きついって。でもこの石、いつの間に鞄に入れたの？　笑〉

あの話にはひとつだけ、脚色したところがある。

長めの髪をかき上げると、三上の左耳のあたりは、そぎ落とされたように真っ平らになっていた。

六月生まれのあなた　林由美子

「六月生まれのあなたは、新しく何かを始めるにはピッタリな時期。資格取得を目指してみてもいいでしょう。そして、今月は本当に欲しい物が手に入る予感。これまでの努力が認められそうです」

スマホで占い記事を読み上げた麻里（まり）は、隣でそれを覗き込んでいた同僚の楓花（ふうか）にガッツポーズをして見せた。

「やったね、本当に欲しい物が手に入るらしいわ」

「そっち？　何か資格を取ろうとはならないんだ」

茶化（ちゃか）す楓花は、手作り弁当をつつく。

事務職の麻里と楓花は同期で仲がいい。新卒入社で二年目のつきあいだが、昼食のたび、麻里は楓花の弁当に舌を巻く。

「ほんと、毎朝、よく弁当作る時間あるよねー」

楓花はメイクにも手抜きがない。きのこ類やパプリカ、厚揚げを使った弁当を見れば納得のスタイルの良さもあった。

「慣れれば大したことないよ。昨夜のおかずの残り物とか、作り置きだし」

「わたしには無理だ」麻里は二個目のコンビニのおにぎりのセロハンを捲（めく）った。他に唐揚げと焼きそばパン、デザートに新発売のプリンがある。弁当を作る手間以上に、楓花の弁当の内容では食べた気がしない。そう思っての「無理」だ。麻里にできるのは、せいぜい飲み物を安価な社内自販機で買う節約くらいだった。

「本当に欲しい物かあ」

誕生月の占いだから、当たるかもしれなかった。


その二日後だった。

「来週誕生日でしょう?」久しぶりに学生時代の女友達に誘われ、晩御飯にパスタを食べた。プディングのドルチェを待っていると、彼女はラッピングした包みをテーブルに置いた。

「え、うそ、うれしい!」と、麻里はそう言ったものの、何か貰えるのは半ばわかっていた。この友達は学生時代からマメに誕生日プレゼントを用意してくれるからだ。

包装を解くと、猫のキャラクターがついた皮のペンケースが現れた。

「わあ、かわいい」麻里が満面の笑顔になると、「ネコゾウ、好きだよね」、彼女は麻里の反応に満足げだった。

食後はコーヒーを飲みながら、彼女の近況を聞いた。彼氏ができたらしく、仕事が研修続きで大変だと専門的な話が続くと、麻里は学生時代から分岐した時の経過を感じた。

「今度はゆっくり焼肉でも行こうね」

友達と駅で別れた麻里は、空席のない帰りの電車で、プレゼントが入ったバラエティショップのバッグをぶらぶらした。

自分の成長や変化を細かく喋るのに、相手は麻里の変化には鈍感だった。

いつまでも猫のキャラクターに「かわいい」と声を上げる学生ではなかった。そもそも学生時代だって「かわいい」は単なる処世の合言葉だった。

占いがよぎる。少なくとも、これは本当に欲しい物ではなかった。


「お疲れー、ね、これ一日早いけど、明日誕生日でしょ」

金曜日の定時過ぎ、パソコンの電源を落とした麻里に楓花が紙袋を渡してきた。

「そんな気なんか遣わなくていいのにー。でも、うれし。なになに、開けてみていい？」

「どうぞー」

中身はTシャツだった。これからやってくる夏にぴったりな、パフスリーブのデザインが凝(こ)ったそれには見覚えがあった。以前、楓花とネットショップを見ていて気に入ったものだ。

「これって、もしかして――」

「麻里、すごいかわいいって言ってたでしょ」

「覚えてくれてたんだ。やばい、感動した」

麻里はうれし泣きの真似をする。

「この間の占いが当たったならいいけど」

「もちろん、ありがとう！」麻里はそう言ったものの、困ったなと思った。貰った以上、着て出社しなければならない。

これを買わなかった理由は、麻里が身長百五十六センチ、体重六十六キロだからだ。この洒落たTシャツを着こなせる二の腕じゃなかった。間違いなくアメフト選手のようになるだろう。胴回りもたぶんパツパツになるはずだ。

帰宅後、改めてTシャツを広げると、ぶら下がったタグに「L」表記があった。一応袖を通してみるが、自分でも吹き出す姿が鏡にあった。

「いや、占い当たってないでしょ。痩せてる子にはわかんないんだろうなー」

楓花には申し訳ないが、本当に欲しい物というより、本当に困った物だった。

楓花からのプレゼントの包装を片付けていると、スマホのメール着信音が鳴った。同期の大木陽太（おおきようた）からだった。

『業者さんから寿司屋の食事券もらったんだけど明日空いてない？　期限が明日までなんだよ』

「いいねえ、お寿司か」すぐに返信する。『わたし明日誕生日』

『まじ？　あー、じゃあ、予定あるか』

『ないよ。ないから行く。他に誰が来る？』

『二人分しかない』

つまり、大木と自分だけで寿司か。大木とは新人研修で同じグループになり、喋りやすいのもあって、たまに夕飯を食べて帰ることがあった。気を遣う相手ではない。

よって翌日の誕生日、夕方大木と落ち合った麻里は寿司屋で盛大に飲み食いし、その後はカラオケボックスで梅サワー片手に熱唱した。

「めっちゃストレス解消になったわ」誕生日ということで、すべて御馳走になっていた。

職場の仕事は面白味はなかったが、同期にはつくづく恵まれていた。すごく楽しかったし、いい誕生日にもなったと思う。けれど何か足りなかった。

彼と別れ、麻里は帰りの電車のシートに満腹の体を預ける。

今、本当に欲しい物はなんだろう。欲しい物は大抵手に入っている気がする。前のボーナスで憧れのブランドバッグを買ったし、スマホも新しいのに替えたばかりだ。考えを巡らしても、麻里は自分が本当に欲しい物がなんなのか思いつかなかった。

　週が明けた木曜日。この日麻里は、営業の石崎渉（いしざきわたる）から急ぎの資料作成を頼まれて残業になった。これが石崎以外だったら、「もっと早く言ってよ」と内心毒づくのだが、相手が彼なら話せるだけでもうれしかった。石崎はそんな憧れの先輩社員だった。

　また一人、また一人と退社する中、石崎に確認を取りながら資料を作り終えると、夜九時を回っており、フロアにはもう誰も残っていなかった。

「お疲れ、ありがとう。助かったよ。腹減っただろ。お礼に焼き鳥でもどう？」

　信じられないサプライズだった。「いいんですか！」麻里は楓花にこの事件をメールした。石崎は同期の女子たちが「かっこいい」と噂をする存在だ。

『うらやましすぎる！』楓花からの返信にウインクをするスタンプで返すと、麻里は石崎と共に会社を出た。

「おいしそうに食べるねえ。奢り甲斐あるわ」

「焼き鳥久しぶりです。もう何本でも食べれちゃいます」

　炭火焼きの鳥皮にビールがたまらなかった。

「ここの鳥釜飯がまたいいんだよ。締めに食べる？」

　うんうん、と麻里は食べながら頷いた。その様子に石崎は笑う。

「今度はもっと気の利いたところを見つけとくよ」

　社交辞令だとしてもうれしい。

「三島さんは彼氏いるの？」

「そんなのいるわけないじゃないですか。彼氏いない歴年齢ですよ」

「え？　そうなの？　欲しいと思わないの？」

「相手がいれば」麻里がしかめ面を作ると、石崎は「よかった」と言った。

石崎の言葉にいちいち色を感じ、動揺する麻里はもう一杯ジョッキを頼んだ。そのため店を出る頃には酔っ払ってぼうっとした。

その後、自然に手を繋いだことも、ホテルに行ったことも、酒が入っていなかったら無理だったかもしれない。ただ酔ってはいても、一日働いて化粧が崩れまくっていたり、煙臭くなっているだろう髪を、麻里は残念に思った。なにしろ、初めての経験だったのだ。

だが朝二人でホテルを出て、別々に出社した麻里の顔はひとりでにほころんだ。こうなるのがもう少し早かったら、石崎と一緒に誕生日を祝えたのに。

本当に欲しい物は、素敵な彼氏だったと麻里は気づいた。

「ねえ麻里、昨夜のメールの後どうなったの？　昨日と同じ服着て、どういうこと」

昼休憩になると、楓花が待ち切れないといったふうに麻里に寄ってきた。フロアで話すには聞こえてしまいそうなので、麻里は楓花の袖を引っ張り「ここじゃなんだから、自販機ついてきて」と意味ありげに笑った。

自販機はフロアを出て通路を曲がった先の休憩スペースにある。その道すがらで麻里は昨夜の一部始終を早口で話した。

「まさかそんな急展開があるなんて。ドラマみたい」

「自分でもびっくり」と、二人が曲がり角まできたところだった。

「え？　それほんとに？　三島って事務の三島ちゃん？　衝撃だわ。じゃあなに、つきあうってことか」

「いやいやいやいやいや勘弁。あの子、くそ重てえのなんのって。あと十キロ、や、あれは十五キロだな、そんくらいは痩せてくれないと」

「石崎くん、きみ、サイテーだよ」

「まあ、成り行きだよ、成り行き。酒入って、疲れてたのかなー、おれ」

粗野な笑い声が続き、麻里の足は止まった。

「ごめん」楓花にそうつぶやいて、麻里は来た道を戻ってさらに進み、女子トイレに逃げ込んだ。

「麻里……」ついてきた楓花に背中をさすられる。

涙が出た。悲しいのでなく、怒りと悔しさと恥ずかしさからだ。

うつむいて見える足。楓花と並んだ足。パンプスの甲から肉が盛り上がっている自分と、靴の形を崩さない楓花の細く美しい足元。体型が違うと、こんなところまで違うのだと今更知った。

「楓花、わたし、痩せる」

「あんな奴の言うこと気にする必要ないよ」

「ううん、絶対痩せる。痩せて見返してやる」

見ないようにしていただけで、ずっと長く喉から手が出るほど本当に欲しい物があった。

それはスタイル抜群の体だ。


ダイエットは初めてじゃなかった。林檎（りんご）だけ食べるとか、炭水化物を取らないとか、サプリメントにＥＭＳの腹筋ベルトも試したことがあったが、どれも続かなかった。

麻里は自分が病的に太っているとは思っていなかった。だからいつしか、肉付きは健康の証（あかし）だと考えるようになった。でもこのままじゃ、心が健（すこ）やかでいられない。

今回は本気だ。六月が終わるまで、あと二週間ちょっと。楓花にもらったＴシャツを部屋に飾り、『本当に欲しい物が手に入る』という占いを麻里は反芻（はんすう）した。

「今日からわたしのご飯、いらないから」母に宣言し、家族と食事を別にした。朝は水と納豆、昼は楓花のように作って持ってゆく。弁当は蒟蒻（こんにゃく）の米に、楓花お勧めのきのこ中心のおかずにした。「きのこは低カロリーだからね」そう聞くと、やたらとカロリーが気になった。だから夜はプロテインドリンクだけにした。もちろん間食も抜きだ。

最初の数日は、始めたばかりの勢いで空腹も我慢できた。体重もすぐに二キロ落ち、麻里は目に見える変化にうきうきした。

「いくらなんでもやりすぎじゃない？　油控えめの低カロリーの食事にして、後は運動するプランのほうがいいと思うよ？」

楓花は色々調べて協力してくれるが、そんな悠長に構えていられなかった。六月中に何がなんでも痩せるのだ。麻里は盲目的に占いを信じ、心の拠り所にしていた。

これまで敬遠してきた運動もすることにした。

「ダイエットはやっぱり有酸素運動だよ。ウォーキングとかランニング。動画とかのハードなワークアウトは効果あるけど続かないからね、毎日できる無理のない運動がいいよ」

麻里は、出社前の早朝と夜にランニングを始めた。歩くよりカロリーを消費できるだろうし、特に朝は時間がないのもあった。朝晩、三キロ走るのは運動不足の体にはかなりきつかった。梅雨の湿度と蒸し暑さで呼吸が苦しい。他人には早歩きにしか見えないだろうペースだが、食事制限をしながらの運動は過酷で、つい手足の動作を止めたくなる。ずしんずしん、地面を蹴るたび、体の重さを象徴するような音が耳元で響いて聞こえた。

「ランナーズハイっていってね、最初は苦しいけど、走ってるうちにすごく楽になる瞬間が来るよ」

楓花はそう言ったが、どれだけ走ってもそんなふうにはならない。

腹や太ももに効くと謳った動画のワークアウトで汗まみれになり、入浴中も痩身効果のあるジェルでひたすら頑固な肉をマッサージをした。

さらに一キロ落ちた。でも、一キロしか落ちていないと麻里はがっかりした。

母が作るご飯の匂いのせいで空腹感が増し、便秘でお腹が張る不快感が続いた。あちこち筋肉痛で仕事が億劫になる。娘が頑張っているのに「痩せ我慢しないでご飯食べなさいよ」と、平然と言ってのける母に腹が立った。ランニングをしていても、ソフトクリームの幟を立てたコンビニが気に障り、定食屋の臭いをつけて午後からの始業に就く課長に苛々する。

そんなときは憎き、石崎渉を思い浮かべる。悔しさが何よりの糧であり、絶対にスタイル抜群の体は手に入ると、麻里は自分を鼓舞した。

だが十日が過ぎても、体重は四キロ減ったところでぴたりと落ちなくなった。

「ダイエットってそういうものらしいよ。気長に無理なく！　間違っても食べた後に喉に指を入れて吐いたりしないようにね」

　楓花の励ましは目から鱗だった。そうか、その手があった。

　麻里は食後、トイレに入るとそれを試みた。えずく声をあげ、目尻に涙を浮かべ、便器に向かう。とにかくカロリーを摂取したくない一心だった。

　六月はあと三日で終わる。

「なあ。また業者さんに食事券もらったんだけど、メシ行かない？　今度は焼肉だぞ」

　呑気（のんき）に誘う大木に「行けない」と答える。焼肉、と聞いただけで太りそうで吐き気がした。

「食べ放題だよ。大食い選手権しようぜ」

「やめてよ、気持ち悪い！　カロリー取りたくないのよ」

　小煩（こうるさ）い大木を麻里はにらみつけた。


「どうしたの？　なんか元気ないね」

　楓花はデスクで消沈した様子の大木に、書類を渡しながら話しかけた。

「いや……三島さん、変わっちゃったなと思って……」

「そうだね……あ、じゃあ、今日ご飯でも行く？　慰めてあげよう！」

楓花は小首を傾げて微笑みかけた。自信のある自分の顔の角度だった。

大木が麻里に好意を持っているのは、見ていればわかった。

石崎に麻里を弄んでくれと頼んだのは楓花だ。昼休憩の自販機近くで、麻里の体を嘲笑って欲しいと仕組みもした。昼食のたび、麻里はそこで安価な社内販売の飲み物を買う。しつこく楓花を口説く石崎は、一度寝るだけで楓花の頼みを引き受けてくれた。あとは麻里のダイエットを応援するだけだった。

楓花に誘われて、頬を赤くしている大木がかわいかった。

あの占いは当たりそうだ。六月生まれのあなた。楓花も六月生まれである。

『本当に欲しい物が手に入る予感。これまでの努力が認められそうです』

水音

城山真一

城山真一（しろやま　しんいち）

1972年、石川県生まれ。金沢大学法学部卒業。2015年、『ブラック・ヴィーナス投資の女神』で第14回『このミステリーがすごい！』大賞を受賞。他の著書に『仕掛ける』『看守の流儀』『看守の信念』『ダブルバインド』などがある。

三月下旬になると、金沢も暖かい日が増えてくる。

耳かき屋の女店主、鶴子は浅野川近くの歩道を歩いていた。川沿いのソメイヨシノは、あと十日もすれば白い花が咲き誇るだろう。

小一時間ほど歩いていたら、少し日がかたむいてきた。そろそろ店を開ける準備をしなければならない。鶴子の店は自宅を兼ねた長屋にある。

川沿いの広い歩道から一本脇の細い路地に入った。明治という元号になって三十年が過ぎ、二階建ての家も少しずつ目につくようになったが、このあたりはどこも古い平屋ばかりだ。

鶴子は長屋の手前でふと立ち止まった。足下は畳二枚ほどの橋。その下には細い用水が流れている。上流はずっと暗渠になっており、どのあたりから流れているのか、わからない。

去年の春、この長屋に越してきたばかりのころ、早咲きの山桜が散り、薄赤い花びらが用水の上流から流れてくるのを、橋の上からよく見下ろしていた。

あのときの、長屋の大家の言葉が耳によみがえってくる。

――山桜が散ると、今度は浅野川の桜がふくらみ始めるんだ。

一年前、用水が合流する浅野川のまわりでは、ソメイヨシノが色づいていた。

ところが今年は、浅野川のソメイヨシノが白味を帯びているのに、山桜の薄赤い花びらが用水から流れ出るのを見たことはない。なぜだろうか。

そんなことをつい考えてしまうのは、ここに住み始めたころの不安な思いが頭の片隅に残っているせいかもしれない。

四十手前の女が、知らない土地で一人でやっていけるのか。去年の今ごろは、そんな思いを胸に、この橋の上からぼんやりと用水を眺めていた。

あのとき、暗渠からときおり流れ出る花びらが河口へ下っていく様子に、抱えていた不安が少しずつ消え失せていくような気がした。

長屋や茶屋街の人たちに助けられて、楽しく一年を過ごせた。やはり、ここへ越してきてよかった……。

そんなことを考えていると、長屋のほうから、ことん、と音がした。

音が聞こえたのは長屋の一番端。手前にある鶴子の家からのようだ。

誰か部屋にいるのかしら。もしかして物取り？　部屋に取るようなものは何もないのだけど。それとも早い客が来たのかしら。

軽い不安を覚えながら、鶴子は長屋へと歩を進めた。

大戸をひくと、土間に一足の草履が並んでいた。女物に少し安堵する。

座敷へ通じるふすまを開けると、一人の女が足を崩して坐っていた。

鶴子は、いらっしゃいませと、ほほえんだ。

「あがらせてもらってるわ」

なれなれしい口調だが、知らない顔だった。

女は小窓から差す夕方の陽を避けるように少し首をかしげている。

「耳かきのお客様……でしょうか」

「そうよ」

女はうりざね顔で、歳の頃は三十代半ば。鶴子より少し若い。派手な着物を着ているが、生地は薄く高価なものではない。

女を眺めてわかったのは、それだけじゃない。もうひとつ……。

「そんなにじろじろ見ないで」

女が細い眉をきゅっと寄せた。

「耳かきの前に、お茶でも召し上がりますか」

女がうなずいたので、鶴子は土間で茶を出す準備をした。

座敷に戻ると、茶を注ぎながら、

「うちのお店はどこでお知りになりましたか」と女にたずねた。

「このへんを散歩してて見つけたの」

腑に落ちなかった。日中、看板は下げていないのにどうして知っているのだろう。

女は茶に口をつけると、ふうんと鼻を鳴らした。

「この耳かき屋、いつからやっているの？」

癖なのか、女は話すとき、少しだけ顔をかたむける。

「一年ほど前です。この長屋に住み始めてすぐに」

「あなた……」女が意味深な目をした。「前は、娼妓だったでしょ」

胸の奥が、かすかにうずいた。

「どうしてわかったのかって？　私と同じものをあなたに感じたからよ」

女を一目見て、鶴子のほうも気づいていた。

その世界で長く生きる人間特有の雰囲気――。

近畿のほうで芸妓をしていた、と鶴子は長屋で通している。

芸妓だったのは本当だ。ただ、鶴子の借金は芸妓だけでは返せなかった。だから芸ではなく、身体を売るしかなかった。

それにしても――さりげなく女を見る。

女がここへ来た目的は、本当に耳かきだろうか。

「お客さんは、どちらからいらして？」

「犀川近くの西の廓。置屋にもちゃんと籍はあったのよ」

最近、娼妓を取り締まる法律ができて、娼妓はどこかの置屋に必ず籍を置かなくてはいけなくなった。

「でも、とびだしちゃった。置屋って居心地が悪くて」

女はかたむけた顔をかすかに揺らしている。

小窓から差し込む夕日が女の影を壁に映し、その影がゆらゆらと動く。

「女将（おかみ）も芸妓もみんな娼妓に気を遣うでしょ。あれが嫌なのよ。表の態度と本音が違うのが透けて見えるというか」

鶴子はかすかにうなずく。

「男相手の商売だし根っこは同じと思うんだけど、娼妓と一緒にしないでほしいと、みんな思ってる」

窓の外で、子供たちが走り去る音が聞こえた。

茶を飲みほして女は茶碗を盆に戻した。「そろそろ耳かきしてくれる？」

女は寝転んで鶴子の膝に頭を置くと、右の耳を鶴子に向けた。

鶴子はかき棒を手に取って、耳かきを始めた。

初めての客のときは、ゆっくり、そっと耳をかく。

女はため息を漏らすと、じょうずね、といった。

「あんた、娼妓をしていたころ、何考えて生きてた？」

「さあ、どうだったでしょう」

「思い出したくないよね。わかるわ。私なんかその日あったことだって思い出したくないもの。いやな客が多いしさ。娼妓を買いに来る男なんて、ろくでもないのばかりで、いいとこの旦さんなんてまず来ない。そういう人には決まった芸妓がいるから」

用水の流れる音が、外からちょろちょろと聞こえてくる。

「でもね、最近、珍しいことがあったんだ。いい男が私を買いに来たの。身なりもちゃんとしているし、羽振りもいい。こんな男が来ることもあるんだって、驚いたわ」

鶴子は女の表情をちらりと眺めた。女の目はどこかぼんやりとしている。ここを離れて別のものを見ている。そんな感じだった。

「その男が、夜風にあたって歩きたい、丘の上に一緒に行こうって誘うから、二つ返事でついていったの。山手だから寒かったけど、木には花が咲いていて、すぐそばには小さな川も流れてて、すごくいい場所だった」

女は思い出したように、ふふっと笑う。

「そのとき、なんだか妙に心が軽くなってね、思わず男の手を握ったの。そしたら」

女が急に口ごもる。

しばし沈黙してから、しずしずと口を開いた。

「男は私の手をはたいて、娼妓のくせにって、怒り出したの。どうして怒るのって訊いたら、おまえらは犬猫と同じだろ、勘違いするなって」

「まあ、ひどい」

「それだけじゃない。私のことを力いっぱい蹴ったの。それで丘の上から転げ落ちちゃった」

「大丈夫だったのですか」

かき棒を動かしていた手を止めて、鶴子はたずねた。

「それくらい平気よ。でなきゃ、ここに来るわけないでしょ」

女は、耳かきを続けて、といった。

「でも、それから夜の街に立つのはやめたわ。転げ落ちてから、頭がぼんやりすることが多くてね。だから、こうしてふらふらしてる。この店もさ、夜遅くまでやってるんでしょ。へんな客が来ないか、あんたも気をつけたほうがいいわよ」

「ありがとうございます。じゃあ、右の耳は終わりましたので、左の耳を」

女が寝返りを打つ。

「こっちの耳なんだけど、最近、聞こえがよくないの。何かついてないか、よく見て」

「わかりました」

女の左耳を覗(のぞ)き込んだ瞬間、鶴子の視界がじわりと狭くなった気がした。

耳の穴がふさがっていた。何かがすきまなく詰まっている。これでは、聞こえが悪いどころか、まったく聞こえないだろう。

話すときに女が頭をかたむけていたのは、片方の耳が聞こえないことと関係があるのかもしれない。

鶴子は慎重に耳かきを動かした。薄い皮のようなものが剝(は)がれ、かき棒の先端に付着する。畳に置いた和紙でかき棒の先をぬぐい、ふさがった耳の穴にかき棒をあてた。女の耳に詰まっているものを、一枚一枚取り除いていく。やがて薄皮らしきものが何なのか気づくと、鶴子の背中にすうっと冷気が落ちた。

鶴子は動揺を悟られまいと、静かにかき棒を動かし続ける。

耳のなかが、ようやくきれいになった。

「これで全部取れましたよ」

声が上ずらないよう鶴子はつとめた。

「うん、聞こえる。でも……やっぱりおかしいわ」

「どう、おかしいのですか」

「耳の奥で音がするの。外の音が聞こえにくいときも、この音だけはずっと聞こえてた。なんだか水のなかにいるような……。そう、この音が聞こえるようになったのは、丘から転げ落ちてからよ」

「お医者に診(み)てもらったらどうでしょう」

「お金がもったいないし、医者じゃ治せないわ。治せるとしたら……」

寝たままの女が目線を鶴子に動かす。

「あんた、だよ」

「えっ。私？」

「そう。私と……替わってくれないかしら」

「替わる？」

「明るいところに出たいの」

女が急に鶴子の膝頭をぎゅっと握った。

ひやりとした指先の感触に、鶴子は思わず声をあげそうになった。

やっぱり、この女は――。

小窓からは、流水の音が聞こえてくる。

それにまじって、かたかたと乾いた音もする。

「ずっと暗いところにいるとね、自分が何者なのか、わからなくなるの。ねえ、替わってよ。お願いだから」

女が充血した目に力をこめると、鶴子の全身がざわりと粟立った。

かたかたと鳴る音の正体にも気づいた。自分の奥歯が震えているのだ。

「ねえ、お願い」

ねっとりとした女の声が鶴子の心をざらつかせた。

積み重なった記憶の層が崩れて、娼妓だったころの忘れたい記憶がよみがえる。

大きく息を吸った鶴子は、奥歯を嚙み締めると、ゆっくり首を横に振った。

「どうしてよ。私とあんたは同じ。それは、あんただって、わかってるはずよ。なのに、どうして私だけ、こんな目にあうの？　あの晩、男についていった私が悪いの？　それとも、ずっと娼妓を続けていたせい？」

女の頭を膝の上から放りだしてしまいたかった。だが、この女を見捨てることはできなかった。鶴子は女に、もう一人の自分を見ていた。

娼妓をやめずに続けていたら、自分もこうなっていたかもしれない。

去年の春、用水の流れを眺めていたのは、光が閉ざされた長い暗渠と、娼妓だったころの黒く濁った日々を重ねていたからでもあった。

暗渠から出てきた花びらが河口へ流れていく様子を見るうちに、自分の心が浄化されていくような気になったのだ。

この女は、まだ闇のなかをさまっている。

射貫くような女のまなざしから視線を外した鶴子は、恐怖をこらえて、女の耳に顔を近づけた。

そして、ふうっと息を吹きかけた。

ゆっくり、ゆっくり。

すると、女は目を細めて、はあぁ、と深いため息をついた。

鶴子は女の肩にそっと手を置いた。

「お客さん、終わりましたよ」

長い静寂が訪れた。

時間が止まったかのように、何の音も聞こえなかった。


そのとき、うわあ、という声が静けさを破った。

それは窓の外から聞こえた。


——用水から人の足が見えるぞっ。

——誰か巡査を呼んでくれっ。


鶴子の膝から女の頭は消えていた。

膝のあたりは、かすかな重みを残してびっしょりと濡れている。

鶴子は濡れた膝の冷たさに浸りながら、足元の和紙に視線を落とした。

そこには無数の花びら。今年まだ目にしていない山桜の花びらが和紙に張りついていた。

目をつぶると、鶴子のまぶたの裏には、用水から浮き上がる女の姿が浮かんだ。

女の全身には花びらがまとわりついていた。
鶴子はその色の鮮やかさに息をのんだ。
どの花びらも、女から血を吸い上げたかのように濃い朱に染まっていたのだった。

悪意の真相　シークエンスはやとも

これは都市伝説だと思って聞いてほしいんですけどね。

ＳＮＳの誹謗中傷ってここ数年問題になっているじゃないですか。それが原因で自殺してしまう人がいたり、芸能人が亡くなったというニュースも少なくないし。

でも、ＳＮＳの誹謗中傷が日本よりもっと酷い国が何ヶ国かあるらしいんですね。当然、その国でも自殺者が出たりと問題になったことで、国家予算を使ってＳＮＳで誹謗中傷してるアカウントを総ざらいすることになったんですって。

で、物凄い数のアカウントが出てくるんですけど、同一人物がやってるアカウントっていうのは結構簡単に解るらしいんです。結果として、どの国も痛烈な誹謗中傷を行っていたアカウントの正体は、一〇〇人くらいだったと。

その一〇〇人が何個も何個もアカウントを作って、死ね、殺すなんて色んな人に書いて回ってるっていうのが解ったらしいんです。

だから、一〇のアカウントから罵詈雑言をぶつけられたとしても、本当は一人だけを相手にしてるのかもしれないっていう。

でも一番怖いのは、このアカウント達を一斉に停止して使えなくしたら、また一斉に別の一〇〇人が現れたらしいんです。

前の一〇〇人が家族や友人に譲り渡したりしたわけでもなく、全く関係のない一〇〇人が、ごく自然に現れたと。

ゲームで悪役を倒しても、また違う悪役が現れるみたいに、人数は決して多くなくても完全にゼロにすることは不可能。

これがＳＮＳという存在なんだそうです。

僕も少なからずそういった悪意のあるコメントとかをもらう身なので、正直に言って、そういう誹謗中傷はなくなってほしいんですよ。

だけど、某番組で知り合った人類学の先生が言ってたんです。

「人類の歴史の中で生贄（いけにえ）が存在しなかった時代はない」って。

魔女狩りしかり、奴隷労働しかり、誰かが犠牲になったうえで平和が保たれてきたんだと。

今、僕達が生きてるＳＮＳ社会もその繰り返しにすぎなくて、一人が人柱（ひとばしら）じゃないですけど悪意の的になることで、その他大勢の心が安らいでる可能性があって。

必要悪ならぬ、必要生贄っていうんですかね。

目に見える芸能人が一人亡くなっている裏では何百人と亡くなってるけど、それが何百万人に増えるのを防ぐ役割を生贄達が果たしてるんじゃないかって話なんです。

ね、都市伝説だと思わないとやってられないですよね。

裸の王子様

岩井志麻子

岩井志麻子（いわい　しまこ）

1964年、岡山県生まれ。1999年、「ぼっけえ、きょうてえ」で日本ホラー小説大賞を受賞。また、同作を収録した短編集により「山本周五郎賞」も受賞。他の著書に『チャイ・コイ』（婦人公論文芸賞）、『自由恋愛』（島清恋愛文学賞）、『でえれえ、やっちもねえ』など多数。

すべてを自分の確固たる信念や揺るぎない意志で選び取り、迷うことなく真っ直ぐ目標に突き進み、勝ち取り続ける。そんなふうに生きられる人なんて、滅多にいない。いや、王子はそんな人に見えた。あの事件が起きるまでは。

「俺、流されてばっかりだもん。だから突き進む王子に、ちょっと憧れるのかな」

まだ王子が王子でいられた頃、貴彦がため息をついて見せたのは美保だった。カノジョといえる存在だが、例によって美保から誘われ、断る理由もないので付き合い始めた。

「王子とは違うけど、貴彦ほど好きなように生きてる人もいないんじゃないの」

手堅く手広く商売をする家に生まれた貴彦は、しっかりした兄姉に親も家も稼業も任せたまま、お気楽な末っ子としてニート以上フリーター未満、という感じで生きていた。

美男とまではいかないが、ファッションや立ち居振る舞いでイケメン風に仕上がり、不良とも坊ちゃんとも付き合えたが、特定の人や世界に浸ることもなかった。

美保もたまに読者モデルやホステスのバイトなどしていたが、その場限りのことしかやらず、できない。がんばっても売れなかった、という結果が怖いから、がんばらない。ゆえに美保も、失敗や挫折がなく、好き勝手に楽しそうに生きているふうに見えた。

交際はしてくれるに違いないと踏んで貴彦に近づいたが、結婚となればさすがに親や親族を巻き込み、様々な結果を求められる。だから、美保からも結婚はいい出さない。

良くも悪くも似た者同士、お似合いな二人が、ちょっとした面倒なことに巻き込まれるかも、と知るのは、昼に起きてつけたテレビのニュースによってだった。

「マジか〜。警察、俺んトコにも来るかな」

何度か繁華街で遊んだ王子が、殺人事件の主犯として指名手配されていた。

王子とは、もちろんあだ名だ。貴彦も美保も王子の本名は知らなかったが、報道で初めて、極めて平凡な本名を知った。それでもやっぱり、彼らの中では王子だ。

王子は若い遊び人や芸能人に人気の繁華街を仕切る、いわゆる半グレのリーダー格だ。本職の組員にも一目置かれる強面で、敵対するグループを暴力で潰し、支配してきた。

他の幹部達はだいたい、本名かと思わせる偽名を名乗っているが、王子は王子だった。

その字面から連想する、すらりと甘い美男ではない。格闘技選手のような厳つい容姿と硬派な雰囲気で、濃縮された牡の匂いが強く醸し出されていた。

これも事件報道で知ったが、意外にも王子は親も普通の人で家庭円満、中学までは快活ないい子だったとか。不良への憧れ、周りに感化されたで片づけるには、その後の喧嘩の強さや夜の街での仕切りっぷりが半端なかった。

格闘技選手に憧れ挫折し、そこに付け入られて本職の組織の用心棒にされたところから王子伝説は始まる、といった説はある。それは、いかにもありそうな話だった。

そんな王子の率いるグループが、繁華街の店で敵対するグループと乱闘になり、相手方の男を一人殺してしまった。そいつはリーダーではないが、幹部クラスだった。

店に防犯カメラはあったが、現場となったＶＩＰルームは乱闘が始まると照明が消され、録画には男達が揉めている影しか映っていなかった。

そこで王子が直接、被害者に手を下したかはわからないが、近隣の防犯カメラには王子の姿がはっきり映っていたので、グループを率いていた、先導し扇動した、とされた。

致命傷は鈍器による頭蓋骨粉砕だったが、それを誰が与えたかは、はっきりしない。王子のグループは何台かの車に分乗して逃走したが、あっという間にほとんどが捕まった。

翌日も大きく報道されたが、王子はいち早く外国に逃亡したという。飛行機ではなく船で、つまり密航でパスポートは使ってないので、出入国の詳細も不明とのこと。

いろんな友人知人と電話やラインは飛び交ったが、彼らもほとんどが王子とそんな深い付き合いのない野次馬的な人達で、テレビやネット以上の情報は得られなかった。

「でも、なんか王子らしくないな。今までは絶対捕まらないよう、立ち回れたのに」

「お酒あんまり飲まない王子が、珍しく酔ってたって。もしかしたら、なんか酒に入れられて、殺人罪で捕まるようハメられたとか」

王子とは一線を引いていたつもりだが、友達といっていえなくはない間柄だ。

何日かして、ついに貴彦は警察の訪問を受けた。そのとき部屋には、美保もいた。

「確かに知り合いですが、一対一で会ったことはないし。直の連絡先も知りません」

嘘ではない。そして王子を庇(かば)ってやりたくもあるが、そこまでの義理もない。

警察の訪問はそれっきりだったし、王子の本物の舎弟達からも、探られたり詰められたりはなかった。幹部達は根こそぎ捕まり、グループは壊滅とまではいかなくても、休眠状態に追い込まれていた。王子は、行方をくらませたままだ。

そうして事件は次第に忘れられていったが、唐突に貴彦の元に、王子の取り巻きの一人だった男が連絡してきた。みずからを、王子に仕える大臣と名乗る奴だ。

王子の片腕だの腹心だのを自称しているが、例の事件のときは別件で捕まっていた、俺がいればあんなことにはならなかったのに、などと後からいい回っていたらしいが。

あの夜は近所で大臣を見かけた、という話も伝わってきていた。

「大臣ってもしかして、幹部を殺された敵対グループのスパイじゃないか」

「いや、実は警察の犬だったりして」

王子グループにどっぷりではないが、内情やメンバーを知る者達の間では、大臣に関する不穏な噂も絶えなかった。貴彦と同い年で、見た目はいかにも繁華街のチンピラだ。

目だけが笑ってないという形容や、死んだ魚の目といった表現があるが、大臣はなんだかいつも、目だけが他人の目、しかも死んだ奴の目を抉り取ってきて、無理に自分の眼窩に嵌め込んでいるような薄気味悪さと違和感があった。

「ずばり、王子は東南アジア某国にいる。俺、居場所から何からすべて把握してる」

貴彦はそのとき、王子とは関係ない世界の先輩に手伝えといわれた、小さな仲間内だけのバーの開店準備をしていた。そこに大臣は、影のように忍び寄ってきた。

なぜここがわかった。貴彦は困惑したが、帰れともいえない。できるだけにこやかにカウンターの中に入り、大臣をスツールに座らせ、とりあえず氷を入れた水を出す。

「おいおい、酒出してくれよ。一緒に飲もう。いい話を聞かせてやるから」

大臣は饒舌に、王子は逃亡先の国で格闘技選手になり、かなり稼いでいると自分のことみたいに自慢した。公然と賭けが行われる試合ばかりで、王子は一言も口をきかず、日本人であるのも隠しているとか。

「王子は元々、格闘技選手になりたかったんだからね、今すっげぇ生き生きしてる」

「へぇ、そりゃよかったね、といえるのかな」

どこまで信じればいい。大臣は心底うさん臭いが、話がおもしろそうなのも事実だ。おもしろそうだな、となれば貴彦はそちらに流されてしまう。

「後の選手は、借金まみれだったり前科者や逃亡者で、ド素人ばっか。ルール無用の壮絶な闘いで、大怪我を負ったり、ときには命も落とす」

いつになく大臣は、大仰に身振り手振りもまじえて語った。王子が潜伏している異国は、暑い途上国だ。貴彦は行ったこともないが、熱い湿った空気と、悪臭すれすれの濃い果実の匂いが、ふと鼻先にまつわった。そこには、新鮮な血の臭いも混ざっていた。

「選手は使い捨てだ。王子だけは、勝ち抜いて生き抜いてる」

適当に相づちを打っていると、大臣は徐々にスツールごとにじり寄ってきた。某国はさぞ、強い陽射しの中にあるのだろう。そこに立つ王子と陽炎。絵になる。

元気そうでよかった。思わずつぶやいたのを、大臣は聞き逃さなかった。

「だろ。とことん地下だから王者として名が出ることもないけど、王子は満足してる」

大臣の前に置かれた氷が、なかなか溶けない。東京はまだそんな暑くはないのに、大臣の吐く息が冷えすぎているから、溶けないいんじゃないか。貴彦は、鳥肌を立てた。

「暗い世界とずぶずぶの現地の警察は、見て見ぬふりどころか胴元の側だからな。そう、王子は今んとこ、日本の警察からは逃げきってるといっていい」

これらがすべて本当なら、貴彦が警察に通報すると危惧しないのか。そもそも大臣がそう親しくもない自分に、わざわざ報告に来たのはなんなのか。

そういえば大臣は、女より男が好きという噂もあった。単に王子や貴彦が好みなのかもしれない。いや、それよりも黒いたくらみがありそうだ。

大臣は貴彦の心中を読んだかのように、顔を覗きこんできた。例の違和感ある目で。

そうして一緒に飲むうちに、貴彦は妙に感傷的になってしまう酒癖を出してしまった。

「俺、やっぱり王子を尊敬していたんだなぁ。いなくなって寂しいよ」

大臣はまるで顔色も態度も変わらず、ただ距離を詰めてくる。毒虫の触覚のように。

「俺、悪さはしないけど。いつまでも、流されるままに生きてていいのかな」

「貴彦、お前は王子の元に流されて行け」

気がつけば、大臣はいなかった。貴彦はカウンターに突っ伏して寝入っていて、酒瓶もすべてきれいに片づけられていた。酔いも目も醒めてみると、改めて不思議というより不気味だ。王子の消息という重大な情報を、なぜ自分なんかに。

こんな怪しい話、貴彦もわざわざ警察に行って話すことはしない。するわけがない。

それからしばらくして、大臣達に比べれば遥かに穏健(おんけん)な仲間達がやってきて、彼らにもさっきの話はしたが、即座に大臣のいうことだから怪しい、とぶった切られた。

しかしまるっきり嘘ともいい切れない、何かがある。こっそりトイレで美保にテレビ電話をかけてみたら、王子どころか大臣にも関わりたくないと、顔をしかめられた。

「大臣って、自分の中にすごく邪悪な神様みたいなのがいる」

そんなに大臣を知らないはずなのに、美保はいつになく強くいい切った。

「貴彦も含め他人はすべて、自分の邪悪な神様への生贄よ」

美保は、こんなオカルト的なことをいう女だったか。

「でもってその邪悪な神様は、王子ではないよ。王子も生贄の一人だよ」

これだけは、異様に納得できるものがあった。でも、俺は流されたい。強い意志を持って、流されて行きつくところまで行きたい。そういって、電話を切った。

——その夜、貴彦はいろんな友達とかなり飲んでしまい、途中から記憶が飛んだ。影のように、大臣が混ざっていたような。隣に来て、耳元で何か囁かれもした。王子がいる国の熱い幻影が、途切れ途切れに見えた。

どうやって家に帰ったか、覚えていない。強烈な陽射しの中で目覚めたとき、傍らには全裸で仰向けになっている美保がいた。首に、明らかな絞められた痕があった。充血した白目をむいて腫れた舌を突き出し、全体的に赤黒く膨れ、すでに腐臭を漂わせていた。シーツに広がる排泄物が、これは夢ではないと突き付けてきた。

一目で、美保が死んでいるのはわかった。何もかもが、悪夢ではなく過酷な現実だ。

「俺が殺したのか」

驚きはしたが、まだふわふわと脳味噌が酒に浮いている。警察に行くのを、強く嫌だとも思わない。ただ、だるい。すべてが、面倒だ。それでも、のろのろと服だけは着る。

好き勝手しているように見えて、実は周りに流され続けた二人の末路がこれか。窓の外は、酷薄（こくはく）な空が広がっている。王子の潜む国ともつながる、無情の青色。

なぜ大臣に、すぐ来てくれなどと電話してしまった。いや、大臣以外に浮かばなかった。

大臣は何も聞かず、急いで来てくれた。美保の無残な死体にも、驚かなかった。もしかして、実は大臣が殺したんじゃないか。そんな夢を見た気もした。

にやにやしながら大臣は、例の他人の目が嵌まったような目で、ベッドに座って茫然としている貴彦の隣に座り、耳元に口を寄せてきた。蛇の舌に舐められているみたいだ。

「真っ先に頼ってくれて、うれしいよ。それには応えなくっちゃな。これで強請（ゆす）ったりするもんか。こんなこといっちゃなんだが、俺にとっても都合のいい展開だからな」

まだ自分達以外、誰もこの事件は知らない。貴彦は王子と違って犯行は露見してないので、指名手配などもされていない。と、大臣は美保の死骸を恐れも嫌がりもせず、といって悼む真似や悲しむふりすらせず、ただ邪魔な物を見るように見下ろした。

「飛行機で、王子のいる国に行けるよ。船酔いはきついぜぇ。まさに渡りに船といったらあれだけど、王子も異国で寂しがってて、世話してくれる日本の奴を欲しがってた。貴彦のことは、王子も前々から気に入ってたんだよ」

大臣は王子の脱出、出国と入国の手助けもすべて指示し、あちらでの生活の手助けもしていると、再び自慢する。だけどあくまでも、王子の方が立場は上だとも繰り返す。

「諸般の事情ってやつで、俺が王子の元に行くわけにはいかないんだよ。俺が日本にいないと、王子に送金もできないしな。そ、俺が左大臣なら、さしづめ貴彦は右大臣だ」

大臣は、貴彦によく似た男の写真つき旅券を用意してきていた。実在する人物の、本物だという。本当の持ち主が今どうしているのかは、聞かないでおく。

「ちょうど、年頃まで似た奴のが手元にあってよかった。いろいろ貴彦は運が強いよ」

またしても自分は他者の手で自在に操られ、無造作に流れに放り込まれている。今さら、逆らえない。もはや、みずから選び取った道だと思い込むしかない。

「美保ちゃんの死体は、きれいに洗い清めてから、景色のいい山に埋めてやるよ。貴彦は俺の知り合いが地方でやってる店の手伝いに行ってもらった、といいふらしておく」

腐敗が進む美保の死体と、冷えたままの大臣を残し、貴彦は拍子抜けするほどすんなり、王子もいる某国行きの飛行機に乗り込めた。隈(くま)なく煌々(こうこう)と照明に照らされていても、あちこちに悪い闇がわだかまる深夜便だ。

「空港に着いたらタクシーに乗って、ドリーム・パラダイスってホテルに行け」

流されているのを超え、完全に何者かにすべてをコントロールされている。

離陸した途端、貴彦は全身の力が抜けた。シートに沈み込み、開かない窓の向こうを見つめる。黄泉の国に直結のような闇の中、隣に美保の気配がある。

死体となった本物の美保は、遠ざかる。好きだったのか。悔いているのか。怖いのか。

浅いうたた寝をし、夢を見た。空気の澱む、南国。異様に赤い花。奇声を上げる鳥。廃船のような場所。粗末なリング。荒(すさ)んだ観客。そのリングに、彼は上がらされる。

対戦相手は、王子だ。王子は、なぜか片手と片足と片眼がない。なのに、何かが大きく欠損した感じがなく、自分がよく知る王子だと思えてしまう。

「真剣勝負だからな、いろいろとなくしちまった」

王子は、欠けた歯の口元で笑う。決して望んだ場ではないのに、貴彦は生まれて初めてといっていいほど、自分自身の強い意志に揺れていた。

勝ちたい。負けは、死に直結だ。その前に自分も、片目や片手や片足を失う。それ以上に、失う。命も、命より大きなものも、失う。自分がなくなったところで、目が覚めた。

体調がすぐれませんかと、日本人乗務員が水を持ってきてくれた。水に浮くのは、氷に似せた王子の、ではなく、大臣の目だ。その乗務員が、美保の声でいった。

「あたしノコギリでザクザク雑に切られて、海にゴミみたいに捨てられたんだよ」

——日本はまだ肌寒い朝晩もあるが、ここは濃厚な夏だ。湿気の重い、殺気立つ空気。

すべてを途方もなく、遠くに置いてきた。親の顔も仲間の声も、暮らした部屋も、美保も、何もかも遠ざかる。自分はもう、死んでいるんじゃないか。

あらかじめ大臣が予約を入れてくれていた、ドリーム・パラダイス・ホテル。繁華街にも近い。何の変哲もない、中級ホテルだ。ロビーには、夜の女達もたむろしている。

陽射しばかりが強烈で、すべてが歪んで見える。のどかなような、殺伐としているような。天井の巨大な扇風機が、せせら笑うように回る。羽に大臣の目みたいな文様がついた蝶が、肩に止まった。そいつは目が合うと、消えるように飛び去った。

電話の向こうの大臣の囁きが、攪拌（かくはん）される。首筋に吹きかけられる、腐りかけた果実のような息。大臣ではない。もしかして、美保か。

「頼むよ貴彦。王子は俺にとって神。だけど、一緒に潜伏して直に仕えるのは無理」

俺は生贄、身代わり、か。生贄の生贄にされたような美保も、一生つきまとってくるだろう。ロビーの鏡に、さっきちらっとバラバラに刻まれた美保が映っていた。

「いったでしょ、貴彦。大臣の悪い神は、王子なんかじゃない。王子も貴彦も、生贄」

大臣との電話をいったん切った後、入り口から真っ黒な影になって入ってきた王子を見つける。松葉杖と眼帯。肩からずり落ちた袖。あれは予知夢だったか。

「よう、仲間ができてうれしいよ。お前もいつか、リングに上がれるようになれ」

王子は、片手と片足と片眼がないけれど、まだまだ強そうだ。異国で、王子に仕えて暮らすのも悪くないかな。異様な冷たさで、首筋に吹きつけられた笑い声。

「大臣、ずっと俺に取って代わろうと狙ってたんだな。でも、今じゃ大臣に感謝しているよ。やっと、好きなように生きられる場所を得た。貴彦、お前もすぐそうなれる」

自分も、少しずつ目や手や足を失う未来も見える。命さえ失ったのに、何者かに操られて永遠に闘わされる自分が、実は強い意志で突き進むようにも思え、少しうっとりした。

死のリングに上がらされたら、まずは大臣の邪悪な神に祈りを捧げよう。

ＮＦＴ盆栽　角由紀子

新型コロナウイルスが世界的な大流行となり、最初の緊急事態宣言が出てからもう二年以上が経つ。亮太は大手飲食チェーンに勤め、妻と一人息子と都内のマンションに住む営業サラリーマンだったが、コロナで経営が悪化し、一カ月前に退職を余儀なくされた。その後ろめたさから、友人と飲みに行く機会も減り、余計にストレスが溜まっていた。なにより、今後のことで焦っていた。中年男の再就職はだいたい三カ月～半年以上はかかるといわれている。会社都合退職のため、退職金も満額出て、給付金の受け取り期間も長かったが、息子の中学受験も控える中での突然のリストラはキツいものがあった。

　妻の美緒とは仲が良くも悪くもなく、たまに子どもについての会話をする程度だったが、リストラされてからは別人のように態度が変わり、些細なことで喧嘩をすることが増えた。亮太が「今日の夕飯はなに？」と聞くだけで「昼メシ食って、もう夕食の催促かよ……」などとボソッと嫌味を言ったり、美緒の脇を通るだけで、亮太を嫌悪するかのように身を逸らすような仕草が増えた。「こんな女だったっけ……」亮太は美緒の人格に疑問を持つようになっていた。ちょっとしたことではあったが、積み重なると憎しみのような感情すら湧いてくるほど重大な問題だった。気が付くと、信じられないほどの怒りが込み上げて、拳をグッと握りしめて震えることが増えた。美緒の口の悪さは日に日に悪化しているし、コロナでろくに遊べないまま受験期に突中した息子は信じられない程の巨漢になっていて、受験の不安からか、不眠症で夜中によくトイレに行く音も亮太をイラつかせた。「このままでは家族に手を挙げかねない」亮太の理性は危険を察知し、最悪の事態が訪れる前に先手を打つよう促した。

たまたま、テレビのニュース番組で「コロナ禍で園芸にハマる人々」という特集を観たとき、なんだか心が少しホッとしたのを思い出し、園芸についてネットで調べてみた。だが、大して広くもない3LDKのマンションで、ベランダも狭い中、植物で導線が遮られるのを美緒が許すはずもなかったし、金の無駄遣いと怒られるのは目に見えていた。諦めかけたその時、「掌サイズの自然が楽しめる！　開運に特化した〝NFT盆栽〟」というネット広告が表示された。

「え、NFT盆栽……？」

NFT（Non-Fungible Token）とは、インターネット上の今まで複製可能だったデータ（作品）に対して「ブロックチェーン技術」を利用して「コピーではなく替えがない唯一無二であること」を証明する技術のことだ。例えば今まではネット上の写真は誰でもダウンロードして所有することができたが、NFTを利用することにより購入した写真データが一点ものであるという電子証明書が発行されるような仕組みだ。世界初のツイートに三億円の価値がつくなど、写真やアート作品に限らずNFT市場は急成長をみせている。

亮太はすぐにHPに飛んだ。

トップページには末広がりの不等辺三角形をした「五葉松(ごようまつ)」の盆栽が5つ並んでいた。ぱっと見、同じ盆栽に見えるがそれぞれ値段が違う。一万円、五万、最高額で三十万円。どうやら、五葉松には「御用を待つ」という意味があるそうで、写真の下に「仕事運爆上がり度」と星マークが書かれている。一万円は★マークがひとつだが、三十万円の五葉松は「仕事運爆上がり度★★★★★」だ。

「三十万円か……」

失業中の身には痛すぎる金額だった。諦めかけた亮太だったが、その下に書かれている注意書きが目に留まった。

〈NFT盆栽の基本知識とルール〉

・盆栽とは、半分死んだ木を美しく保つ神秘的かつ儀式的な存在です。
・一般的に、盆栽の価値は歴代の所有者の知名度や歴史的背景によって決まるといわれていますが、実はその裏に「歴代の所有者の念」があることはあまり知られていません。
・弊社では、より多くの人の手にわたった盆栽にこそパワーが宿るという古くからの言い伝えを基に、ご購入者様には、弊社独自の〝開運フォルム〟が崩れる一週間を目途に交換することを義務化しています。

〈NFT盆栽の由来〉

びっくりするかもしれませんが、これは、鎌倉時代から続く盆栽の管理方法のひとつです。当時の所有者には知らされていなかったようですが、管理者は同じフォルムの盆栽を複数抱え、正月や結婚式など、盆栽が必要な節目に状態の良い盆栽を届けに行き、所有者は自分のものだと信じて飾っていたといいます。管理者がその価値を担保して同じ盆栽を売りさばく……これは、今話題のデジタル技術である「NFT」の発想にも通じます。

　弊社はこのシステムをヒントに、同じフォルムの複数の盆栽の集合をひとつの〝作品〟としてその数の分だけの人数で共同所有する仕組みを導入しました。電子証明も発行され、メンテナンスのたびに保持者を入れ替えることで、作品を所有しながらその価値（多くの人の手に渡る）を高められる仕組みです。共同所有者の数が多いほど、値段が上がり、価値も高まり、開運効果も発揮されるのです。見た目は同じ盆栽でも、開運効果は弊社独自の識別技術によって担保されており、金額の差がそこで生じていることから、「NFT盆栽」と名付けました。ぜひ安心してご利用ください。


　怪しげな注意書きだったが、亮太の好奇心は揺さぶられた。さらに下にスクロールすると利用者の声という欄もあった。

「盆栽を置いたその日に仕事が決まった」

「運気が上がった」

「若返った」など、信じられないようなコメントがたくさん寄せられていた。

　亮太は半分疑っていたが、久々に「何か面白いお宝」を見つけたような気がして心が躍っていたし、仕事にありつくための買い物と思うと罪悪感もいくばくか削（そが）れた。気が付くと盆栽をカートに入れて購入している自分がいた。

翌日、すぐに盆栽は届いた。生命力を感じる根と、どっしりとした幹、生き生きと手入れされた葉は一日見ていても飽きないほどだった。亮太は自分の小さな書斎にその盆栽を飾った。三十万円の盆栽を購入したことで、美緒への申し訳なさもあったのか、怒りがわく回数が少し減ったし、何より見ていると癒された。

一週間たっても何も起きなかったが、業者に言われた通りに送り戻し、すぐに新しいものを代わりに送ってもらうよう頼んだ。すると翌日、確かにまったく同じフォルムの盆栽が家に届いたのだ。

「たしかに、前の盆栽とそっくりだ……」しかし、よく見るとわずかな木肌の違いはあった。前回の盆栽よりも、多少古びた様子の木肌だったのだ。気にするほどのものでもなかったので、亮太はそのまま書斎に飾った。

三日後、登録していた人材派遣会社から、自分に興味を示している企業があるという旨のメールが届いた。亮太は「盆栽のお陰だ」と直感すると、自然と盆栽の前で手を合わせて拝んでいた。

それから亮太は毎朝毎晩、盆栽に向かって拝むことが習慣になった。「どうか仕事が決まりますように……」今日も寝る前に真剣に手を合わせる亮太を、美緒は鼻で笑って馬鹿にした。

「あんた、リストラでついに頭おかしくなっちゃったの？　気持ち悪い。だいたい盆栽なんて趣味あったっけ？　仕事しないうちにすっかりジジ臭くなっちゃって、やだやだ。武史（たけし）が毎日遅くまで受験勉強してるっていうのに、あんたは盆栽眺めてるだけなんてね」

吐き捨てるように言い去る美緒を亮太が恨めしそうに睨んでいると、なぜかもうひとつの視線を感じた。


誰かいるのか……？


部屋には誰もいない。しかし、確実に視線は感じる。

その瞬間、はっとした。盆栽の松の枝の隙間から無数の瞳がこちらを見ているような気がしたのだ。

――いや、気のせいか？　光の当たり加減だよな……。

注意深く盆栽を眺めていると、松の枝に一本の髪の毛が絡まっているのが見えた。

「毎日見ていたのに気づかなかったな……」取ろうとして引っ張ると、どうやら木の枝の中にまでその髪の毛が続いているようでうまく取れない。美緒の髪の毛も息子の髪の毛も比較的短いため、赤の他人の髪の毛であるのは明らかだった。

「NFT盆栽」なんてやってるからこんなことが起きるんだ……。イライラしながら、グイグイ髪の毛を引っ張っていると、スポンッと、木の根っこごと全部取れてしまったのである。

不良品か……？　樹齢三〇〇年の根がそう簡単に取れるはずがない。そう思って松の木を拾い上げると、空洞になった幹からパラパラと何かが落ちてくる。恐る恐る中を覗いてみると、そこには、無数に絡み合った長い髪の毛、人の爪、名前の書かれた紙、血の付いた布のようなものがぎっしり入れられていたのだ。直感的に呪いの儀式に使われたものだとわかった亮太は慌てて松の木を元の定位置に戻した。

だが、アレを見てしまった以上、気になって眠ることもできない。深夜の二時になった頃だろうか。一睡もできずにギンギンに頭が冴えた状態でただ天井を見つめていた亮太の耳に、ゴオオオオオという音が聞こえてきた。

最近ストレスからかキッチンドリンカーのような飲み方をしていた美緒は、たまに怪物のようないびきをかくようになっていたのだ。

ゴオオオオオ、ゴオオオオオ、ゴゴゴゴオオオオオ
亮太の睡眠を阻害するかのように音量が上がっていく美緒のいびき。まじまじと顔を見ると、半開きの目に、だらしなく開いた口。時折、唇や喉のあたりが不均衡な動きをするのが、妙におぞましかった。亮太は自分の拳がまた強く握られていることに気が付いた。いびきを止めようと体を大きく揺さぶっても、よほど深い眠りについているのかまったく起きることもなく、いびきが止まることもなかった。

なんてふてぶてしいんだ！　こいつを……こいつを、ぶっ殺してえええええええええ！

これまで抑え込んでいた、とてつもない憎悪が一気に噴出した。顔が変形するくら

いボコボコに殴ってやりたいという欲望が頂点に達したのだ。だが、それでは自分が犯罪者になってしまう。こんな女のために自分の人生を棒に振る必要はない。亮太の理性はそう判断し、書斎に行ってハサミを手に取った。ゆっくりとした足取りで寝室に戻ると、まず、美緒の髪を少し切った。そのあと、爪を切った。松の木に血の付いた布があったのを思い出し、亮太はベッドのシーツを少しだけ切った。そして、美緒の半開きの唇を少しだけ切り裂き、血を布につけた。唇を切っても起きないバカ女の姿を見ていると、心底笑えたし、そのままハサミを喉に突っ込んでやりたくもなったが、そこも理性が抑えた。

亮太は最後に美緒のフルネームを書いた紙を付け足し、それらを松の木の中に収めた。

翌朝、美緒は窒息死していた。

午前中は美緒の死でバタバタしていたものの、ちょうど盆栽を借りて一週間がたった頃だったので、午後にはまた新しい盆栽の手続きをした。明日、新しい盆栽が来ると思うと胸が躍った。

しかし、盆栽は来なかった。業者に問い合わせると「発送済み」とのことだったが、コロナ禍で度々運送が遅れることがあるという説明を受けて納得した。美緒がいない家での生活は本当に快適だった。特に夜はよく眠れた。亮太は翌朝を楽しみに眠りについた。

翌朝、盆栽の入った箱が玄関に置かれていた。亮太は今度こそ仕事運を上げたいと願っていたので、また何か願かけの方法が松の木に隠されているのではないかと調べてみると、前回と同じようにパカッと木の根が抜けた。そこにはまた、髪の毛やら数珠やらが入っていたのだが、ヒラヒラと目新しい紙が落ちてきた。「坂口亮太」と書かれた文字には見覚えがあった。はっとして唇を触ると少し切れていた。目の前には受験で不眠症になった巨漢の武史が立っている。「僕、全部見てたよ。ありがとう、お父さん。その盆栽で志望校に入るね。まあ、あんたはその頃もうこの世にいないだろうけどね……」

亮太は膝から崩れ落ちた。

ついてくる　11月のリサ・まむ

僕が大阪に住んでいた頃の話なんですけど、芸人の先輩の紹介でカラオケでアルバイトしてたんですよ。

先輩はそのカラオケでちょっと変な体験をしてて。紹介される前に念押しもされたんですが、僕はそういう変な話とか恐怖体験とか好きな方なので、大丈夫ですむしろ楽しみなぐらいですって言って紹介してもらいました。

当時、その先輩はバイト先のカラオケルームを使ってネタ合わせをさせてもらってたらしいんです。

個室で防音だし、相方や自分の部屋より集中できてやりやすいからっていうので、大事なライブの前なんかは、よく利用していたらしいんですけど。

アーティストのCMやチャンネルのオリジナル番組が流れないように、適当に何曲もカラオケを予約してから音量を0にして、漫才の練習をしてたらしいんですけど。

急に自分たちが予約していない知らない曲の映像が流れ始めたらしいんです。

新曲のプロモーションビデオか何かのようで、カラオケ店勤務の先輩でも一度も見たことのない映像だったそうです。

で、その映像というのが、らせん階段を斜めから撮っていて、女の人がただゆっくり降りてくるだけの映像らしいんですよ。

アーティストのプロモーションにしては、地味な映像じゃないですか。

先輩も「変なミュージックビデオだな」なんて言って、演奏中止して、また漫才の練習に戻ったらしいんですけど。

でも、しばらくするとまたその映像が流れ始めたそうです。

先に流れた映像と同じく、上から女の人がゆっくりゆっくり降りてくるだけの映像なんですけど、消しても消しても、しばらくしたらまた流れ始めちゃう。

そのうちに段々、機械の反応が悪くなってきて、消そうと思ってもなかなか消せずに時間がかかるようになったらしいんです。

映像が流れる時間が長くなるほど、女性が映る時間も長くなって、階段を下りながらその姿が徐々に画面に近づいてくる——。

……という話を、その先輩はとあるトークライブで話したらしいんですよ。芸人らしくウケるようにちょっと大げさにリアクションしながら話して、結構会場のお客さんも盛り上がったらしいんですね。

ただ、ライブ後のアンケート用紙に同じことを書いてる人がいっぱいいたらしくて。二百人くらいお客さんが入ってて、そのうちの四十人くらいが、

「カラオケの話をしだしてから舞台の上を女の人が横切っていましたが、演出でしょうか？」って、ニュアンスは違えど皆、舞台の上で女の人を見たって書いてたらしいんです。

お客さんの中の一人は自分が見た女の人の絵も描いてくれていたらしいんですけど、その絵を見たら、冗談抜きでカラオケの変な映像に出てきた女の人とそっくりだったと。


カラオケからライブ会場までついてきてしまうくらい強い霊だったのかな、なんて先輩は言ってたんですけど、とにかくそういう話があったカラオケで働くことになったんです。

深夜営業もしているカラオケだったので、夜遅くまで利用するお客さんも結構いて。

夜遅くに一人でルームの清掃をしなくちゃいけなかったのですが、ある部屋だけ、何か、凄く……嫌な感じがしたんですよね。

その部屋はフロアの一番奥、階段を数段だけ下った階段と階段の中間にあったんですけど、お客さんがいる時はまだしも、帰った後にお皿を下げに行くのが凄く嫌だったんです。

何かがあったわけでもないんですけど、「ここ嫌な感じがするな……」とずっと思っていて。

でも時間の融通も利くし、深夜は割増賃金もでるので、「何か嫌な感じがする」ってだけでは辞める気になれなくて。そのまま三ヵ月くらい働き続けたんです。

ある日、その時も深夜に例の部屋にお皿を下げに行かなくちゃいけなくなって、怖いので早く終わらせようと思って急いでたんですね。

その部屋の扉は一部鏡面になっていたんですけど、グラスに反射した鏡に、明らかに僕以外の誰かが映ってるんです。

僕がいる場所の斜め後ろのソファに女の子が座ってるのが見えてしまって。でも気のせいだと思い込んで、急いで片付けてその部屋から出たんですよ。

その後、店長に「No.○○の部屋で小さい女の子みちゃったんですけど……」って言ったんです。

どうせ勘違いだと言われると思って言ったんですけどね、

「それ皆言うから、もういちいち報告とかしなくていいよ」って、返されたんですよ。

ああ、もうこれは自分だけじゃなくて皆が感じてることなんだ、皆に見えてるものなんだって解ってしまって、逆に怖さは薄れてくれて。

口裂け女のような都市伝説的存在というか、周知のことなら僕だけ怖がってるのも何だか情けないじゃないですか。

帰ったら同居している相方にこのことを話そう、なんて思いながら退勤したんですよ。

相方と「実際に俺らでその部屋に行って、歌ってるときに現れたら面白いな」と話していたら、そのバイト先から電話がかかってきて。

何か忘れ物でもしたかなと思って電話に出ると、無音なんですよね。

しばらくしてから気付いたのは、完全なる無音ではなくて小さく何かの音はしているんです。

営業中のカラオケ店からの電話ですし、お客さんの歌ってる声とかがスタッフルームまで漏れてるのかなと思った時、

「つぎいつくるの？」

って、何度も何度も小さい女の子の声がしているのが解ったんです。

もう怖くて聞き取れた瞬間に電話を切ったら、またすぐに店から折り返しがかかってきて。

出たら「店に電話あったけどどうしたの？」って逆に聞かれたんですよ。

「いや、僕はかけてないです」

「でも、○○くんからかかってきてるんだけど……」

不思議そうな店長の声にかぶさるように、思い出してたんですよ。

カラオケからライブ会場までついてきてしまうくらい強い霊だったのかな、って先輩の言葉を。


その後、バイトは辞めてしまいましたね。

そのカラオケですか?

大阪のI駅って場所にあるんですけど、今も変わらず営業してると思いますよ。

供養　新名智

新名智（にいな　さとし）

1992年、長野県生まれ。2021年、『虚魚』で第41横溝正史ミステリー＆ホラー大賞・大賞を受賞し小説家デビュー。

「事故の多い場所ってありますよね」杉本(すぎもと)さんはそう言った。「標識が見えづらかったり、交差が変則的だったり、あとは、単純に交通量が多かったり」

　わたしはうなずいた。わたしの家の近くにも、ちょうどそういう場所がある。朝、通勤のためにそこを通ると、昨日まではまっすぐだったガードレールがひしゃげていて、あたりにガラスの粒が散乱しているということがよくあった。車に乗らないわたしからすると、さほど危険とも思われないような場所なので、不思議に思っている。

「でね、あるとき、魔の交差点特集というのをやったんですよ」

　杉本さんは、わたしの会社の同僚だが、前職では映像制作会社にいて、テレビ局の下請けの仕事をしていたらしい。

「よくありますよね、夕方のニュース番組とかで」

　そう言うと、杉本さんは笑った。

「そんな真面目なやつじゃないんです。深夜のバラエティ番組でして」

　なんの変哲もない場所なのに、なぜか事故が多発する交差点。そこで実際に車を走らせ、危険性を検証する、というのが企画の趣旨だった。

「その企画自体はボツになっちゃったんですけど」

　まあ、本当になんの変哲もない交差点なのだから、運転に慣れた人物が普通に通過するだけなら、変わったことなど起きようもない。退屈な映像にしかならないことは想像できた。

　ただ、そこで取り上げる予定だった交差点の中に、ひとつだけ、奇妙な場所があったのだという。

　それは東京西部の、とある市に存在した。住宅地の中にあって、二本の道路が斜めに交差した場所だ。決して狭い道ではないし、見通しも悪くない。角のひとつは小さな空き地になっていて、曲がった先の様子も見える。にもかかわらず、よく事故が起きるのだという。

「番組内で紹介するために、過去一年くらいのデータを集めたんですよ。専門家じゃないので、異常な数字かどうかはわからないんですが、件数はかなり多いようでした。電柱にこすったとか、自転車で転んだとかいうものから、後遺障害が残るような深刻な事故も結構あって、これはおかしいぞ、と」

　場所が都内で、会社からもそう遠くなかったため、何人かのスタッフが現地に赴いた。近隣の住民に尋ねてみると、たしかに事故が多い気もする、と答える人もいたが、何十年も毎日のように通っていて、これまで危険を感じたことはない、という人もいて、印象はまちまちだった。

　試しに、スタッフのひとりが運転するレンタカーで走ってみても、とくにおかしな点はなかった。

「ただ、運転していた人が、あとで言うんですよ。『角を曲がる瞬間、助手席からじっと見られているような感じがした』って」

そのとき、助手席には機材を置いているだけだった。だから視線など感じるはずもないのだが。

「でね、企画の方向性が決まってなかったんで、一応、こっち関係の素材も撮っておこうと」

杉本さんは、両手を胸の前でだらりと下げる真似をした。要するに、心霊やオカルト関係の取材もした、ということらしい。

「そうしてみると、おかしなものがあったんです。交差点の角の、例の空き地のあたりに」

面積はだいたい一メートル四方の、ごく狭い空き地だった。背の高い草が生い茂っていて、何に使われている場所なのかもよくわからない。地面には砕けた石のかけらのようなものが散乱しているだけだった。ただ、周囲をよく調べると、汚れた牛乳瓶がひとつ置かれていた。

「瓶の中に、枯れた花みたいなものが入ってたんです。ちょうど空き地の前に供えるような感じで」

それは、何かを供養しているように見えなくもなかった。

「この牛乳瓶はだれが置いたのか、近所の人に聞いてみたんですけど、だれも知らなかったですね。不法投棄されたゴミだと思ってた、なんて答えばかり」

事故が多いとされる交差点だったが、死亡事故が起きたという事実はなかった。だから、弔いのためにだれかが置いている、ということは考えにくい。また仮にそうだとしても、枯れた花を放置しているところから見て、あまり熱心に供養した、という感じではなかった。だれかがいたずらで置いたものかもしれない。そう思った。

意外な事実がわかったのは、取材班が引き上げた翌週のことだった。

「玄関先でインタビューを撮らせてもらった家があったんですよ。その家の人から、あの花を置いていたのはうちの娘です、って連絡が来て」

娘さんは、地元の小学校に通っていた。夕食の席で、杉本さんたちの取材について話していたとき、花を供えたのは自分だと名乗り出たのだそうだ。あの牛乳瓶は、彼女が学校から持ち帰って設置したもので、花はときどき庭の花壇から摘んでいたという。

「なぜそんなことを」

「いや、ここからがおもしろい話なんです。その子がね、学校の社会科の授業で、昔の新聞を読む、というのをやったらしいんですが」

それは、古い新聞記事を読んで、身近な土地の歴史を学ぼう、という趣旨の授業だった。彼女たちの班は、昭和の中ほどに掲載された、とある記事に注目した。

民家の敷地内から、胎児の遺体が複数発見される。

「たしかそんな内容でした。その家の人が、死産した子供を届けず、庭の隅に埋めていた、とかいう話で」

小さな記事ではあったが、丁寧に読めば、住所までわかった。

「例の空き地がちょうど、遺体が発見された場所だったそうです。だからそこだけ空き地になっていたんだと思いましたよ」

自分の家の近所で、そんな悲劇があったこと、それが地元ですっかり忘れられてしまっていることにショックを受けた女の子は、花を置いて供養したのだという。

だんだん、わたしにも話が読めてきた。

「そこが魔の交差点になったのは、死んだ胎児の祟(たた)りじゃないか、って?」

「ま、そういう感じのことを、ディレクターが思いつきまして」

取材先の中に、とある老夫婦がいた。地元の交通安全協会で役員を務める彼らは、例の交差点のすぐ近くに住んでおり、家の前の道路で事故が多発することを気にしていた。あるときなど、事故に巻き込まれた乗用車が、その家の塀に突っ込んだこともある。幸い、人や建物に被害はなかったものの、こんな土地では命がいくつあっても足りない、と取材中に漏らしていた。

「ディレクターが、その夫婦に教えたんです。おたくの近所で昔、こんな事件があったの、ご存じないですか、って」

夫婦がその場所に家を建てて移り住んだのは、定年退職後のことで、ごく最近だった。そういうわけで事件のことは知らなかったし、近所の人から聞かされたこともないという。

「ただ、そのご夫婦が、そういうの信じるタイプの人たちだったみたいで」

のちに、杉本さんが聞いたところでは、有名な霊能力者を呼んで熱心に除霊をさせた上、新しい供養塔まで建立したというから気合が入っている。

「しかもですね。空き地に散らばっていた石の破片みたいなやつ。あれがどうやら最初の供養塔の残骸じゃないかという話まで出たと聞いてます」

「というと？」

「だれかが、それを壊したようなんですよ。工具を使って、意図的に」

気分の悪い話だ。

「つまり、その供養塔が壊されたことで、霊が怒り出して、事故が多発するようになった、と」

「そういう考え方もできますね」

「だったら、新しく供養したおかげで霊は成仏して、交差点は平和になったんでしょうか」

　わたしが尋ねると、杉本さんは言葉を濁した。これがどういうことか、自分でもまだ整理がついてないいんですが、と意味深な前置きをした上で、彼は言った。

「半年くらい経った頃でしょうか。ひどい事故があったんです。朝、登校中の小学生の列に、猛スピードの自動車が突っ込んで」

　車は、子供たちを次々とはね、電柱に衝突して停止した。複数の子供が命を落とし、運転手も死亡するという悲惨な事故になった。当時、わたしもニュースなどで耳にした覚えがある。

　それが起きた場所というのが、例の交差点から、少し進んだ地点だという。

「車は、交差点を通過したあたりで急にスピードを上げた、という証言があります。あと、これは……かなり怪しい話なんですが」

　事故直後、運転手はまだ息があり、病院に救急搬送されたが、そこで亡くなった。だが救急車に乗せられた時点では意識がはっきりしていて、救急隊員にこう話したという。

　――車の中に赤ん坊がいて、首を絞められた。

　そこまで言って、杉本さんは大きくため息をついた。

「なんだか、得体の知れない話ですよね」

わたしは少し考えた。供養塔が壊されたことが原因で、祟りが起きていたというのなら、作り直して供養してやれば、それは鎮まるはずだ。普通はそう思う。

けれど、もし、すべてが逆なのだとしたら。

「娘さんが、昔の新聞記事を読んで、花を置いてみようと思ったのは、いつ頃のことなんでしょうか」

「さあ、記憶にないですけど」

「ひょっとしたら、それは取材する一年くらい前のことだったのかもしれません。さっき言いましたよね。過去一年分のデータを見たら、たしかに事故が多かった、って」

わたしがそう言うと、杉本さんは眉間にしわを寄せた。

「ええ、それが何か」

「その一年分だけ、多かったんじゃないですか。昔から住んでいる人は、とくに事故が多いと思っていなかったようですし」

「そういうこともあるかも、ですが」

「だとしたら、こういう見方ができますよね。事故が多発するようになったのは、その女の子が花を供えたせいだ、と」

杉本さんは、わたしの顔をまじまじと見て、黙り込んでしまった。わたしだって、彼の立場だったら同じ表情になる。供養したから祟る。そんなものは理屈に反している。しかし。

「遺体が見つかったというその事件が、近所に長く住んでいるはずの人も知らないくらい、忘れ去られてしまっている。それは自然と忘れられたのではなく、忘れようと努力した結果なのかもしれません。最初の供養塔が壊されたというのも、そのためだったんじゃないかな。とにかく、記憶にとどめてはいけなかった。そんな事件があったことを、一刻も早く忘れ去る必要があった」

供養のために建てられた塔を破壊する。よほど強い思いがなければ、そんなことはできない。ひとりなのか、複数人なのかはわからないが、そうさせるだけの原因が、何かあったということだ。

「何かあって、なんです？」

「さあ。そもそも、それも知るべきではないんでしょう」

わたしは正直に答えた。知るというのは、縁を結ぶということだ。見知らぬ人の不幸に思いを馳せて、供養する。それは尊い行為だけれど――言うなれば、それはどこか薄暗い湿った穴の奥に向かって、手を差し出してやることではないのか。

その手を、いったい何が握り返してくるのか、決してわかりはしないのに。

杉本さんもわたしも、もう話し合う気になれなかった。お互い、自分の仕事に戻り、そんな話はしなかったみたいな顔をして、一日を終えた。

この原稿を書くにあたって、わたしはその交差点の場所をネットで確認してみた。ストリートビューを見た限りでは、その場所に供養を思わせるものはもう何もない。また、空き地に置かれた看板には大きな文字で「献花禁止」と書かれている。

穀潰し　林由美子

月に一度の町内会の会合は、なんとも居心地の悪いものだった。この町に戸建てを構えて三十年、輪番制の役員にはわたしと同世代の六十代男性が、三人いる。共に三十代の子供がおり、やれ「孫が生まれた」や「息子が転勤になった」の他愛ない話題が出るたびに、わたしは身の置き場のなさを感じた。とはいえ、うちに引きこもりの息子がいるからと、変に気を遣って身内話を避けられたのなら、それこそ気分が悪い。

「では来月の会合は、第二日曜日の今日と同じ十時で」

お開きになり、公民館の外へ出ると秋の良く晴れた空が広がっていた。わたしはまっすぐ帰る気にもなれず、ぶらぶらと書店に寄り道をした。

「こちらをタッチして、はい、クレジットカードをここに差してください」

暇潰しにと脳トレ本を買った。いつから導入されているのかセルフレジに戸惑い、若い店員の助けを借りた。学生バイトだろうか、非常に感じのいい対応で感心する。だが同時に一抹の劣等感を覚えた。

息子の将司は三十七歳になるのに、こういった仕事ひとつ務まらない。そして、真新しいセルフレジの機器が恨めしくもあった。時代の変化に自分だけでなく、いずれ息子の将司がついていけなくなるのが目に見えるようだった。

書店を出て帰宅すると昼を回っており、玄関ドアを開けると出汁と醤油の匂いがした。昼食は、またうどんか。

「あ、戻った?」台所から出てきた妻は「おかえり」でなく、「ちょっと吉野家に行ってくれない?」と言った。

「え?　てっきりうどんかと思った」

「うん、わたしたちはそうだけど。将司が吉野家食べたいって。並盛でいいそうよ」

妻は五百円玉を渡してきた。

「起きたのか、将司は」わたしは二階に続く階段を見やる。

「さっきね」

「うどんがあるのに」

「ヨシギュウがいいんだって」

「我儘(わがまま)にもほどがある。せめて自分で買いに行くべきじゃないのか」

「本人に言ってよ」妻はわたしをひと睨みして台所へと踵(きびす)を返す。

わたしは手のひらにある五百円玉を見下ろした。

将司は牛丼やハンバーガー代さえ稼げず、買いにすら行こうとしなかった。

靴を脱いだわたしは階段を上り、将司の部屋のドアをノックした。

「なに?」

中から声がしてドアを開けると、昼間からカーテンを閉め切って灯りをつけた部屋で、ヘッドフォンをした将司がパソコンのモニターに向かっていた。襟(えり)ぐりが伸び切ったスウェット姿で、床屋と無縁の髪は肩先より長く、無精ひげが口の周りを囲んでいる。

「またゲームをしてるのか」将司の背後からモニターを覗き込むと、迷彩柄の格好をしたキャラクターが何名か廃墟で銃を構えている。

「で、なに？」

「うん、ああ。天気もいいし、散歩がてら吉野家に自分で行ったらどうだ？」

説教臭くならないよう明るく問いかけた。

「無理」

「そんなことないだろう――」

「忙しいんだよ。あっ！」コントローラーを乱暴に連打した将司は「チッ」と舌打ちしたあと、忌々しそうにヘッドフォンをはずして首にかけた。「ごちゃごちゃ言うから、やられたじゃないか」

「やられたって……ゲームだろう」

「仲間がいるんだよ。邪魔すんなって」

モニターの左端では文字列が流れ、キーボードを叩く将司は、誰かとチャットでやりとりをしているようだった。

「なあ、将司、ちょっと父さんと話をしないか」

「ないよ、話なんて。暇なんだろ。さっさと牛丼買ってきてよ」

喋りながら将司はキーボードを叩く。そのぞんざいな態度に腹が立って、わたしは「将司」と語気を強めて呼びかけた。

すると唐突に将司が勢いよく立ち上がった。弾みで椅子が倒れ、わたしに向いた将司の拳が振り上がる。

殴られる——わたしは思わず顔の前に手をかざして防御姿勢を取った。

だが、ぼこっという音は部屋の壁からした。

「ぎゅ、う、ど、ん。並盛」

ありったけの憎しみを込めた目を向けられた。壁に十センチほどの穴ができていて、本能的にわたしは退く。「お、落ち着けよ」と笑ってさえいた。

逃げるように将司の部屋を後に階段を降りると、待ち構えていた妻が心配そうな顔をしていた。

「すごい音がしたけど」

「なんでもない」足早にサンダルをひっかけ表へ出ると、わたしは「はああっ」と盛大に息をついた。

将司の暴力的な振舞いは初めてだった。辞めたいと言った大学を二年休学したのち、将司は中退した。当初は引きこもりでなく、フリーターというやつだった。コンビニやネットカフェの店員、運送会社の仕分け業務、どれも長続きせず、唯一、一年勤めたパン工場で女性パートに「役立たず」と陰口を叩かれたのを機に、将司は働く意欲をなくした。親ともまともに話さず、かれこれ十数年は昼夜逆転生活をしている。

二年前に定年退職し、年金頼みのわたしにとって、息子を養う今後の人生はあまりにも心細すぎた。

築三十年の我が家を見上げる。簡単に壁に穴を作ってくれたが、長くローンを払ったのはわたしだ。それなのに、その家の中でも近所づきあいでも、心休まる場所がなかった。これが二年前なら会社という居場所があった。けれど今じゃ、どこにも拠り所がない。

握っていた五百円玉をズボンのポケットに入れた。小遣いをやると、うれしそうに漫画を買いに走った将司を思い出した。

まるで別人だ。

牛丼を買って帰り妻に渡すと、妻はそれを将司の部屋へ運んだ。

わたしたちは鰹節だけの素うどんを食卓ですする。

「兵藤さんの息子さん、一宮に家を建てるそうだよ。あの辺は若い人に人気みたいだね」

心ここにあらずで、わたしは町内会での会話を妻に話す。

「そう。これからローンが大変ね……」妻はそう言うとふと箸を置いて、床下収納庫の蓋を開けた。辣韮でも取り出すのかと思いきや、折りたたんだ紙をわたしに差し出した。

「これ見て」やけに思い詰めた顔で妻は声をひそめた。

わたしは、傍に置いた老眼鏡をかけてその紙を開いた。

B5サイズのレポートパッドの用紙、冒頭に『プランS』とあり、その下には明後日の日付、時間、服装、持ち物と走り書きの文字が続いている。将司の字だ。

「午前七時五十分、家を出る。八時南山駅着。八時六分発緑先方面行き、七番車両乗車、丸山駅通過後――紙袋のアルミ缶の蓋を開け、ドア付近に撒く。ワークベストから包丁二本を抜き――」

「もっと声を小さくして。聞こえるわ」妻が廊下を隔てた先の階段へ、おろおろと目をやる。

「どうしたんだこの紙……」

「将司のベッドのマットレスの下にあったの。一昨日の昼間、あの子がお風呂に入ってる間に布団のカバーを換えようとして。そうしたらマットレスがずれて見つけたのよ」

「一昨日――なんですぐに言わないんだ」

「だって……それより、どう思う？　これ、最近ニュースで見るような無差別事件の計画に見える？　ちょうど通勤ラッシュの時間よね……服装とか持ち物も、ガソリンやら包丁二本なんて具体的に書いてある」

　そこで妻は観念したかのように言った。

「通販の履歴を見たの……。包丁もガソリンのアルミの携行缶も買ってる。業務用メッシュベストっていう商品も。将司、しょっちゅう通販でゲームやなんかを頼んでるから、何か届いてもそんなものだなんて思わなくて……」

　将司は無職なのでわたしのクレジットカードを使っていた。そのため妻は通販の購入履歴を確認できる。

「警察には？」独りでに手が震える。

「怖いこと言わないで。ね、これ、将司が夢中になってるゲームのメモよね？　違うわよね、あの子、変な気を起こしてないわよね。ね？」

　妻の声が嗚咽に変わり、その楽観的な考えを否定する。

「もう……どうしていいのか。こんなこと誰にも相談できない……お父さん、将司と話せる？　わたし、怖くて……」

　眼鏡をはずしたわたしは眉間を揉む。壁に穴を空けた将司の、わたしに対する憎しみを込めた目がよぎる。

「どうしてもっとちゃんと将司を見てやれなかったんだ……」

これまで一度も言わなかった妻を責める言葉が口を突いた。

「俺は仕事仕事で——だから家庭を守るのがおまえの役目だろう？　一人しかいない子供をなんでまともに育てられないんだ」

「わたしのせいだって言うの……」妻の嗚咽が深くなった。慰めようとは思わなかった。少なくとも本心だった。わたしは悪くない。働いて働いて、将司の将来不安が始まった頃から、酒もパチンコもやめて中古車を乗り続けた。浮いた金は、将司のパソコンやゲームの課金、やたらと届く通信販売のあれこれに、牛丼やらハンバーガーの買い出しと消えてゆく。

「俺がなんとかする——」

いや、もう手を打てる時期は過ぎていた。五年前なら、十年前なら、中学生の時か、それとも小学生の頃だったのか、どこかでわたしたちは間違い、どうにかできるタイミングを逸してしまっていた。将司がこの先、社会復帰できるとは思えない。

わたしたちは懸命に穀潰しを育てたのだ。

「将司はもう生きていない」

「え——？」

「生きているとは到底言えない人生だ。もう、死んだんだ」

涙に濡れた妻の目が訝しくわたしを見る。

「そう思おう。他人様の人生を壊すような真似はさせられない」

「け、警察に通報するの……？」

わたしは首を横に振った。「こんな紙切れくらいじゃ相手にされない。それに仮に未遂で防げたとしても……それで終わるわけじゃない。いつ変な気を起こすかわからないし、それにこの暮らしはずっと続くんだ。俺たちが、いや、俺たちの片方でもいなくなった後の年金でやっていけるか？　貯金だって、将司のこの先を支えられるほどない。将司が今から就職すると思うか？　もう将司は一人では生きていけないんだ」

「だったら、どうするっていうの……」

「将司がいなくなっても……誰も気づかない」

「何言ってるの？　いやよ、そんな話聞きたくない」

「俺だって、我が子を手にかけるなんて……考えたくもない」

「それでも……父親なの……」

将司と同じ、ありったけの憎しみを込めた目を向けられていた。

だが妻は代案を出さなかった。ただ引っ張り出してきたアルバムを捲って(めくって)は泣いた。

わたしたちの大切な息子の笑顔は、もはや写真の中でしか見ることができなかった。

翌晩、妻は最後の晩餐に将司の好きな唐揚げをつくった。涙ながらに揚げ物をする姿は見ていられないほど辛く、わたしは風呂場で家の柳刃包丁を研いだ。

「朝になれば、すべてが終わってるから」

妻を寝室で休ませ、将司が眠るだろう明け方まで居間で待った。壁掛け時計の秒針の音が大きく聞こえ、時折、真上の将司の部屋からする物音に、耳を澄ませる。新聞配達のバイクが外を通過し、しばらくすると二階の気配が完全に静まった。

十月の朝五時はまだ暗い。わたしは包丁を手に廊下へと歩み出た。足音を忍ばせてそろそろと進む。極力静かにドアノブを回し部屋の中へ踏み込むと、ベッドで横になっていた体に馬乗りになる。

「お、お父さん？」

妻の驚く声は、思い切り振り下ろした一太刀で掻き消えた。

妻の最期がどんな顔なのか、暗くてわからない。「すまん、すまんなあ」わたしは声を押し殺して泣き、その体を動かなくなるまで抱きしめた。

そうしてわたしは次に向かう。真っ暗闇の階段を壁伝いに上がる。

『プランS』は、わたしの終活計画書だった。

ノートに記し、書斎の引き出しに入れたそれを、いつ将司が書き写したのか、なんのためにマットレスの下に隠し持っていたのか、知る由もない。

だが、壁に穴を空けて睨みつけたあれが、わたしに対する精一杯の抵抗だったのだろう。

あの計画書には、もう一枚前提があった。

それは、事件を起こす前夜に妻と将司を殺める内容だ。重罪犯の家族が負う苦しみを二人に与えたくなかった。

将司がそれを見たのかどうかはわからない。この後わたしは、かつての朝の通勤時刻、通勤車両で人々を襲う。そこにかつての同僚が乗り合わせていてもおかしくない。

特にあいつ――。人事課長の若造を思い出す。

定年後も勤め続けたいと、何度も希望を出したがはねのけられ、しまいには自宅へ出向き土下座をしてまで頼み込んだ。

「勘弁してください。困るんです、こんなことされると。あの、もう言いますよ。厳しい話になりますけど、谷口さん、エクセルだって満足に使えないでしょう？　もう何年も前からすでに会社の穀潰しになっちゃてるんですよ」

穀潰し。

その言葉はわたしを打ちのめした。穀潰し。ならばわたしは将司と同じなのか？　いや、わたしがそうだから将司もこうなったのか？　わたしのせいなのか？　わたしは全人生を否定されたようで、気力をすべて奪われた。選り好みしなければ、他で働けるところはあるのだろう。けれど一から何か始めるなど、もう到底できそうになかった。

　将司もこんな思いで生きてきたのだろうか。

　穀潰しなりに、生きた証（あかし）を立てたいとは思わないのだろうか。

　階段を上り切り、将司の部屋のドアをそっと押し開く。

　パソコンのモニターだけが灯る薄ぼんやりした部屋、ベッドで眠る息子に歩み寄った。わたしは自分に躊躇（ためら）う時間を与えず、何度も刃を振り下ろす。涙なのか返り血なのか顔面が濡れ、手の甲でそれを拭う。

　そこでふと、パソコンのモニターに自分のその姿が映し出されているのに気づいた。その左端に勢い良く文字列が流れている。モニターに近づき文字を追う。

『え、マジ？　イタズラ？』

『いや、これおかしいって！　通報通報！』

『まさやん、まさやん、返事してよ』

　インターネットで中継されている――。

　わたしの手から柳刃包丁が滑り落ちる。

　将司は思わぬ方法で、わたしを止めたのだった。

　やがて警察がくるだろう。

　息子は最後の最後、どこかの誰かを救うため、生きた証をたてたのだとわかった。

嫁と子ども　シークエンスはやとも

某テレビ局のタレントクローク受付の女性に聞いた話なんですけどね。

とても綺麗な方なのでよくテレビ局の職員とか、いわゆる業界人に声をかけられるらしいんです。

その女性は、少し霊感があるほうで、何か感じたり、わかったりするらしくて。

ある時、よく出入りしている広告代理店の男性が受付に来て、その女性に声をかけたそうなんです。

「君、霊感あるんでしょ？」

「ああ……でも本当にちょっとですけど」

受け付けらしく笑顔で対応したものの、その男性の顔がやたらに真剣だったので、彼女も少し面食らったそうなんです。

彼女にとってはよくあることだったので、またいつものお誘いの一環でしょなんて最初は思ったけどどうやら違うかもしれないぞと。

「うちの嫁と子どもを視(み)てほしいんだよ」

嫁と子供まで出されちゃ、流石(さすが)に遊びの誘いじゃないことくらいわかりますよね。彼女も気になって聞いたそうなんです。

「え、どうしたんですか？」
「嫁と子供がさ、最近夜中急にううう……って呻き声をあげたり、誰もいない部屋でバンって音が聞こえるって言うんだよ。とにかく凄く苦しそうなんだけど、俺は霊とかそういうのさっぱりで。嫁と子供が何言ってるか、何が苦しいのか全然わからないんだよ」

そういう男性の顔が本当に心配そうで、彼女も少し心を動かされちゃったらしいんですね。

元々そんなに嫌な感じのする人じゃなかったし、今度空いてる日に家に来て様子をみてやってくれないかという男性のお願いも、迷ったけれど受けることにしたらしいんです。

男性と二人きりだったら断っていたけれど、奥さんとお子さんがいるなら何も起きないだろうって。

それで、連絡先も交換して日程を合わせて男性のお家に行ったらしいんです。業界人らしい高級そうなマンションで、エレベーターであがっていって、ピンポンってチャイムを鳴らすと男性が出てきて迎えてくれて。

「ありがとねー！　今日来てくれて！　紹介するよ、うちの嫁と、娘」

って、男性が指で指した先には、誰もいなかったらしいんです。

結局、彼女は逃げるように帰ったらしいんですけど。それからその男性を受付で見かけることはなくなったと言っていました。

おやゆびひめ　降田天

降田天（ふるた　てん）

鮎川颯(あゆかわそう)と萩野瑛(はぎの えい)の二人からなる作家ユニット。2014年、『女王はかえらない』で第13回『このミステリーがすごい！』大賞を受賞。2018年、「偽りの春」で第71回日本推理作家協会賞（短編部門）を受賞。他の著書に『彼女はもどらない』『すみれ屋敷の罪人』『朝と夕の犯罪』などがある。

忘れられないもの、ってありますか。ええ、忘れられないものです。あの風景とか、あの味とか、あの笑顔とか、あのぬくもりとか。逆もありますよね。忘れたいのに忘れらないもの。嫌な経験とか。

へえ、そうなんですか。すごくすてき。その方とは？　あら、残念。でも、いいほうの「忘れられない」なんですね。お顔を見ればわかります。きっと相手の方も、はじめて握ったあなたの手をなつかしく思い出してるでしょうね。五十歳だって六十歳だって関係ないですよ。

そんなロマンチックな話に比べたら、わたしの話なんてつまらないもんです。いえ、わたしのもいいほうの、ですけどね。

あれは小学校一年生か二年生のときだから、もう二十五年くらい前になるんですね。家の納戸で、とってもいいものを見つけたんです。

うちはごく普通の中流家庭で、祖父の代に建てた一戸建てに家族四人で暮らしてました。公務員の両親と、父の母である祖母、それからわたし。ええ、ひとりっ子なんです。そのせいかどうかわかりませんけど、子どものころのわたしは、ひとり遊びが好きでした。ひとりで本を読んだり、絵を描いたり、空想したり。当時はポケモンがはやってて、他の子はみんなそれに夢中だったけど、わたしはぜんぜん興味がなかったんです。テレビ番組や芸能人もよく知らないし、漫画の話題ならわかるときもあったけどみんなで話したいとは思わなくて。

内向的……そうなのかな。自分では特にそんなふうには思ってなかったんですけど、たしかによく言われましたね。特に父と祖母にはよく叱られました。そんなに引っこみ思案でどうする、もっと積極的になれって。ああ、いえ、べつにつらくはなかったんです。ああ、また叱られたな、くらいのもので。そういうぼんやりしたところも、父たちにとっては歯がゆかったのかもしれません。

それを見つけたとき、両親は仕事、祖母も留守で、わたしは家にひとりでいました。工作に使う空き箱でも探してたのか、宝探しでもしてるつもりだったのか、理由は忘れたけど、とにかくわたしは納戸の奥に入っていきました。そこには何十年もの間、使わないものがあとからあとから詰めこまれて、取り出されることはめったにありませんでした。奥のほうなんて何が入ってるのか、家族の誰も覚えてなかったと思います。そのいちばん奥に戸棚がありました。ゆがんでたのか引き戸は固くて、両手に体重をかけて何度も引っぱって、ようやく開いたときにはものすごい量の埃が舞いました。死んじゃうんじゃないかと思うほど咳きこんで、涙を拭いながらなかを覗きこんだら、そこにそれがあったんです。

人間の親指。

にんげんの、おやゆび。聞き間違いじゃないですよ。ええ、そう言いました。これ、この親指です。付け根から切断された親指が一本、真っ赤な布を敷いた上に置かれていたんです。

そりゃびっくりしましたよ。でも悲鳴は出なかったんですよね。尻もちをついたり慌てて逃げ出したりもしませんでした。怖いとは思わなかったんです。それよりも見とれてしまって。その親指が、あまりにきれいだったから。

やっぱり変なんでしょうね。でもわたしにとっては、他の子がレアなポケモンを見つけたり芸能人にひと目ぼれしたりするのと同じ感覚だったんだと思います。見た瞬間に魅了されて、とりこになりました。すらりとした流線型のフォルム、透きとおるような白い肌、付け根の骨の丸み、あざやかなピンク色の断面、さざなみのような関節のしわ、つやつやした桜色の爪、その根元の半月……思い出してもうっとりする。あれは右手だったのかなあ、左手だったのかなあ。

ああ、怖がらないでください。ごめんなさい、怖い話じゃないんです。

わたしは親指のことを誰にも話さず、自分だけの秘密にしました。そしてひとりになる時間があると決まって納戸へ行き、親指を眺めました。時間が許すかぎり、飽きることなくいつまでも。自分の部屋に持っていきはしませんでした。いくら美しくても人間の親指ですから、触れるのはためらわれたんです。

読んでた本の影響で、この指は犯罪の証拠かもしれないとか、呪いの道具かもしれないとか、だとしたら家族の誰かが……なんて想像したりしました。祖母の妹が若くして亡くなったと聞いていたので、もしかしてその人の指なのかもしれないと考えたこともありました。ええ、子どもでしたから、死体は腐るものだという発想がなかったんです。

そのうちわたしは親指に話しかけるようになりました。おやゆびひめ、って名前をつけて。安直だけど、その指は本当にお姫さまみたいにきれいだったんです。お姫さまの指じゃなくて、指そのものがお姫さま。わたしはおやゆびひめに夢中でした。楽しかったことも嫌だったことも空想の物語も、彼女にだけは何でも話しました。彼女の存在を誰にも知られないように、ひそひそと小さな声で。わたしだけの秘密のお姉さん。心から大好きだった。

だけどそんな日々は、突然に終わってしまいました。おやゆびひめが消えてしまったんです。ある日、学校から帰って戸棚を開けると、赤い布の上に彼女の姿がなくて……。ああ、だめだな、思い出したら今でもすごくつらい。

わたしはパニックになって捜しまわりました。納戸のなかはもちろん、家じゅう、それに庭や近所まで。おやゆびひめが自分で出ていったのかもしれないなんて、本気で思ったんです。わたしが何か悪いことをしたなら謝るから出てきて、って泣きながら呼びかけたりもしました。誰かにさらわれたんじゃないかと、それとなく家族に探りを入れてもみたけど、結局はわからずじまいです。どんなに待っても、おやゆびひめは帰ってきませんでした。おやゆびひめが載ってた赤い布を抱きしめて、そっとにおいを嗅いでみたりもしたけど、彼女を感じさせるものは何も残ってなかった。

　真相がわかったのは、ずっとあとになってからでした。お正月に家を訪ねてきた叔父が、父と兄弟水入らずで飲みながら話してるのをたまたま聞いたんです。

　おやゆびひめを持ち出したのは、この叔父でした。彼は大学生のとき、サークル活動で映画の小道具を作ってたんだそうです。あの親指はかつての叔父の作品で、指のモデルは当時の恋人。誰かが見つけて驚いたらおもしろいと思ってあんなふうに置いておいたものの、そのことを長らく忘れてたんですって。たいへん出来がよかったことをふと思い出して、人に見せようと、わたしのいないときに家を訪れて持ち出したということでした。叔父の子どもじみたいたずらに、子どものわたしが引っかかったわけです。親指に一度でも触れてれば、作りものだって気づいたでしょうにね。

　わかってみれば、なーんだ、っていう話でしょう？　あれ、どうしたんです、そんな顔をして。怖い話じゃなかったでしょう？　あ、もしかして薬が効いてきたのかな。ごめんなさい、さっきそのお茶にこっそり入れさせてもらいました。大丈夫、死にいたるようなものじゃありませんから。ただ、一時的に体の自由がきかなくなるだけで。

　叔父から親指のモデルになった人のことを教えてもらったんです。写真も見せてもらいました。叔父もあなたのことを忘れてませんでしたよ。手がとてもきれいだったって言ってました。歳を重ねてもやっぱりきれいですね。

わたしももちろん忘れてません。忘れられなかったよ、ずっと、ずーっと。だから一生懸命、捜したの。保険のセールスの仕事についたのも、こうしてあなたと再会するため。あのころみたいに、家のなかでふたりきりになっておしゃべりするため。待ってて、すぐに邪魔な部分は切り離してあげるから。ほら、あの赤い布もちゃんと持ってきたんだよ。

おかえり、おやゆびひめ。

オカムロ　原昌和

原昌和（はら　まさかず）

1978年生まれ。ロック・バンド“the band apart”のベーシスト＆ヴォーカルとして知られ、作詞や作曲も手掛ける。1998年にthe band apartを結成。他アーティストへ楽曲提供のほか、怪談イベントにも参加。

昔、定時制の高校に通っていたときの話。

他を知らないので何とも言えないが、うちの定時制高校は、偏差値が低く、誰でも入れるということだけが取り柄の所だった。

その為、かなり高齢になってから高校を卒業したいということで通っている人もちらほら居たりした。でもそういう熱心な方は一部であって、大半は自分も含め「信じられない馬鹿」の吹き溜まりだった。

あまりの馬鹿さに、話が噛み合わないレベルの奴が多いので、その馬鹿の中でもかろうじて会話が出来る奴同士が自然と集まって遊ぶようになっていった。

俺は昔からいわゆる「怖い話」が好きで、そういう話があると友達と夜な夜な集まって話したりしていた。

ある日、その定時制で仲良くなった奴がうちに遊びに来て、「原さん怖い話好きだったよね？」と言ってきた。

彼は凄くピュアでとても良い奴なんだけど、怖い話のツボが幼いというか、小学生が怖がるようなことでも怖がるので、「あー、また『お前だ！』みたいなオチの話かな……」と、かなり舐めていたが、聞かないのも悪いので「好きだよ。なんか怖い話あるの？」と言ったら。

「マジでこの話聞いたら、今日、本当に出るから。覚悟はいい？」と言ってきやがった。

俺はもう、その頃には「聞いたら呪われる系」の話はうんざりするほど飽きていたんだ。

付き合いなので、「何が出んのよ？」と聞いたら。

「オカムロ。オカムロがこの家に出る」

「何だよオカムロって。オカムラじゃねーの？　いきなり知らねーオカムラってやつ来るのも嫌だけど」

その「オカムロ」っていう得体の知れないモノは、玄関の扉に鍵が掛かっていようがいまいが、直接「オカムロ」という言葉を聞いた人間の部屋のドアをノックしてくるらしい。その際速やかに「オカムロ、オカムロ、オカムロ」と三回唱えないといけないらしい。

「唱えないとどうなるの？」と聞くと、この世の誠実を全て集めた様な顔で、俺の目を真っ直ぐ見つめながら「死ぬ」と言ってきた。

俺は、なんてピュアな奴なんだ。こんなクソ話をこんなにも信じて、俺にも怖がってもらおうと丁寧に口伝してくるなんて。と少し感動し、「おー、じゃー来たら唱えとくわー」と言った。

そいつが帰る頃には、そんなクソ話は忘れていて、眠くなったので寝た。

「ゴンゴンゴン」

目が覚めた。

母ちゃんが、猛烈に部屋をノックしている。

「なんだよ！　うるせーな！　何⁉」

内弁慶のままに怒鳴りつけたが、返事もしないでドアを叩き続けてる。

「ゴンゴンゴン」

「あ。オカムロだわこれ」

こんな馬鹿な話マジであんのかよと思い、半笑いで一度部屋の電気をつけようとしたが、つかない。ここで不覚にも「怖い」と思ってしまい、「オカムロオカムロオカムロ」と不貞腐(ふてくさ)れた早口で言ってしまった。

ビックリするくらい即効でノックは止(や)み、すぐドアを開けると、誰もいなかった。何かオカムロの痕跡(こんせき)はないかと、玄関を確認しに行くと、鍵はやはりちゃんと掛かっていた。

玄関の電気をつけると、俺が高校に履(は)いて通っている靴に何故か、溢(あふ)れないように、表面張力のギリギリ、摺(す)り切り一杯、水が入っていた。

まじオカムロウゼェ～

はしのした　澤村伊智

その日も父親は保育園に、息子を迎えに行った。当時、息子は一歳半。保育園は自宅のマンションから徒歩五分。自転車を修理に出していたので、空のベビーカーを押して行く。

園舎で息子の帰り支度をしながら、保育士と二言三言遣り取りする。他所の子供たちに話しかけられ、軽く相手をし、息子を抱いて園舎を出る。

息子をベビーカーに乗せて家までの道を歩いていると、視線を感じた。

向かいの歩道から、腰の曲がった老婆が睨んでいた。

夏だというのに灰色のニット帽に、からし色のコート。膨らんだ大きなレジ袋を、両手から地面すれすれまでぶら下げている。赤とも紫ともピンクともつかない手袋と、黄色い歯がやけに目立つ。

歩を進める父親を、老婆は目で追っていた。その場でぎりぎりと音がしそうなほど身体を捻り、こちらを凝視している。

信号が青になった途端、老婆はよたよたと横断歩道を渡り始めた。

こっちに来る。

父親は足を速めた。ガラガラとベビーカーの車輪が鳴る。それが面白いのか、息子がキャッキャと笑い声を上げる。

ちらりと振り返ると、老婆がレジ袋を引き摺りながら追いかけてくるのが見えた。

想像以上に早い。レジ袋がアスファルトを擦る音が、どんどん近付いてくる。不規則な足音も、壊れた笛が鳴るような息遣いも、父親は全力でベビーカーを押し、家までの道を走った。息子が一際けたたましく笑った。マンションの敷地に入り、駐車場を抜けて棟の玄関をくぐり、集合ポストの脇を抜けて、エレベーターのボタンを叩く。

背後で大きな音がした。

エントランスホールの真ん中で、老婆が倒れていた。レジ袋の中身が散乱している。転んだ拍子に打ち付けたのだろう。老婆の顔は血塗れだった。口からも鼻からも、目からも血を流していた。

ニット帽が脱げていた。

絡まった髪の間から、大小の赤黒い瘤がいくつも飛び出していた。

角だ、絶対そうだ、と思った瞬間、全身の毛穴からどっと冷や汗が吹き出した。

エレベーターの扉が開いた。父親は大急ぎで飛び込み、「閉」ボタンを乱打する。目的の階を押し、また「閉」ボタンを叩く。

ずるずる這い進む老婆の姿が、閉まる扉に隠れて見えなくなった。

帰宅してしばらくは息子を抱いて縮こまっていたが、息子の笑顔を見ているうちに、少しずつ冷静になれた。

ベランダに出て耳を澄ます。玄関ドアをそっと開けて同じ事をする。下で騒ぎになっている様子はない。救急車の音も聞こえてこない。

次第に怪しく感じられた。角のある老婆なんて、と馬鹿らしく思うようになった。

きっとあの老婆は認知症か譫妄で、自分は恐怖のあまり、角なんてありもしないものを見てしまったのだろう——と、父親は現実的な解釈をするようになった。いたずらに怖がらせても仕方がないので、母親が帰ってきても何も言わなかった。

三人で夕食を取り、息子を風呂に入れ、そろそろ寝かせようとした、午後八時過ぎ。

固定電話が鳴った。

保育園からだった。

「ああ、やっと繋がった」

特に親しくしている保育士の声だった。

「どうされましたか」

「そちらこそ、どうかされたんですか？　何かトラブルでも？」

「え？」

「え？」

「すみません、ちょっと状況が飲み込めないんですが」

「だって、いつまで経ってもお迎えにいらっしゃらないので。お母様の方にかけても繋がらないし、こんな時間だし、もう本当にどうしようかと思って……」

「冗談は止めてください。いつもの時間に迎えに行ったじゃないですか」

「何を仰るんですか。息子さん、ずっと待ってますよ」

「いや、ちょっと」

苦笑した父親の耳に、スマホの向こうから声が届いた。

「おとうさーん。おとうさーん」

息子の声だった。

幼く、たどたどしく、幸福に満ちあふれた、絶対に聞き間違えようのない、息子の声。

父親の全身を悪寒が走り抜けた。

気付いた時には通話は切れていた。

母親とじゃれ合う息子のキャッキャという声が、背後から聞こえていた。

父親はすぐ折り返したが繋がらず、翌日息子を預けに行っても、保育園、保育士、そのどちらにも何ら変わったところはなかったという。

母親は何も知らないまま、昨年末に老衰で亡くなった。父親は後を追うように年明けに息を引き取ったが、その直前、病院のベッドで息子に打ち明けた。

あの日。

自分は、お前じゃないお前を連れて帰ったのかもしれない——

あの老婆は、そんな自分を止めようとしたのかもしれない——

ああ。ここまで話したら、薄々気付くだろ。

その息子ってのが私だ。

で、どう思う？

「お前は橋の下で拾ってきた子だ」みたいな古臭い冗談の、少しばかり手の込んだタイプか？

だがな、父親は泣いていたよ。

泣きながら震えていた。

私を見て、死ぬ前から既に死人みたいに青ざめて。

あんたならどう考える？

父親の話が事実なら——

今あんたに喋っている、私じゃない私は何なんだ？

電話で父親を呼んだ、私だった私はどこに行った？

父親はどんな気持ちで私を育てていた？

怪談だの何だのに詳しいあんたなら、何かしらは分かるだろ。

お願いだ。教えてくれよ。

献本リスト・最後のひとり　真梨幸子

真梨幸子（まり　ゆきこ）

1964年、宮崎県生まれ。2005年、『孤虫症』で第32回メフィスト賞を受賞しデビュー。2015年、『人生相談。』で第28回山本周五郎賞候補。他の著書に『殺人鬼フジコの衝動』、『５人のジュンコ』、『一九六一　東京ハウス』、『シェア』など多数。

献本リスト

駅前のファストフードショップ。私を担当してくれている編集者、山田君からこんな話を聞いた。

＋

作家のA氏が、四十代半ばという若さで亡くなったというニュースが駆け巡った日のことである。


「Aさんの話、聞きましたか？」

「ええ。今朝、ネットのニュースで。驚いた。だって、まだお若いわよね？」

「はい、四十歳です。全然若いです」

「だよね……。マジでショックだわ」

「面識があったんですか？」

「ううん。……なにかのパーティーでちらっと見たぐらい。もはや赤の他人なんだけど、それでも、ショックよ。だって、私より一回りも年下。そんな若さで突然死だなんて。……なにかご病気とかお持ちだったの？」

「いえ、特にはそんな話は聞いてません。ただ、一人暮らしだったらしく、生活はかなり荒れていたようですね」

「荒れていた？」

「暴飲暴食、昼夜逆転生活、徹夜でゲーム。まあ、一人暮らしの男性にありがちな不摂生です」

「ああ、なるほど。だったら、生活習慣病とかお持ちだったのかもしれないわね。それにしたって、あまりに突然よね。死因は？」

「今のところ心不全としか」


それから二ヵ月が経った頃。今度は作家B女史の訃報がニュースで流れた。


「マジでショックだわ」

「面識があったんですか？」

「うん。……なにかのパーティーでちらっと見たぐらい。もはや赤の他人なんだけど、それでも、ショックよ。だって、だって、私より一回りも年下。そんな若さで突然死だなんて。……なにかご病気とかお持ちだったの？　あ、Aさんと同じパターンで、一人暮らしで生活が荒れていて、生活習慣病を持っていたとか？」

「いえ、それはありません。Bさんはご結婚されていて、とても規則正しい生活をされていたと聞きます。健康にもとても気を遣っていて、酒も煙草もやらず、食事は病院食かというほどの健康食。毎日血圧と血糖値もはかっていたそうです」

「そんな人が、……突然死？」

「はい。仕事からご帰宅されたご主人が、デスクに突っ伏していたBさんを発見して慌てて救急車を呼んだようなのですが、時すでに遅し。搬送された病院で、心肺停止が確認されたそうです」

「死因は？」

「今のところ心不全としか」

「心不全。……Aさんのときと同じじゃない。っていうか、心不全ってよく聞くけど、なんかぼんやりしすぎてない？　死因としては」

「……確かに、そうですね。……確かに」

「あら？　どうしたの？　なにか奥歯に物が挟まったような感じじゃない」

「……あ、実は。ちょっと、気になっていることが」

「なに？」

「……いえ、たぶん、僕の気のせいだとは思うんですけど」

「だから、なに？」

「オフレコでお願いできます？」

「もちろんよ」

「僕が担当しているある作家さんの話なんですけど。……その作家さんの献本リストに、Aさんと Bさんの名前があったんです」

「献本リストって、あの献本リスト？」

「そうです。新刊が上梓（じょうし）されときに、その本をお送りする人をまとめた名簿です」

「で、献本リストがどうしたの？」

「その作家さんの献本リストには、五人しか名前が載っていなかったのですが――」

「五人！　少ないわね」

「そうですね、五人というのはかなり少ないと思います。そんなに少なかったのに、今では二人になってしまいました」

「え？　どういうこと？」

「ですから、AさんにBさん、どちらも亡くなったので、献本リストから消えたんです」

「でも、五人から二人引いたら、残りは三人よね？」

「去年、Ｃさんという作家が亡くなったの、ご存知ありません？」

「Ｃさん？」

「ああ、ご存知なくて当然です。一冊も本を出したことがない、ネットだけで作品を発表しているウェブ作家なので」

「まさか、そのＣさんも、献本リストに？」

「そうなんです」

「えええ……」

「たった五人のリスト、そのうち三人がこの一年のうちに亡くなっているんですよ。……もしかしたら、なにかの呪いなんじゃないかって。リストに載っている人が次々呪い殺されているんじゃないかって。呪いの献本リストなんじゃないかって」

「呪いの献本リスト？　いやだ、なにそれ。……呪いって。馬鹿馬鹿しい」

「ですよね。そんなことあるわけないですよね」

「ないわよ、ない。……で、その作家さんって誰なの？」

「いや、それはちょっと……」

「ヒントだけでも」

「専門はホラーとだけ」

「まさか、その献本リストの中に、私の名前が入っていたりしない？」

「……」

「どうなの?!」

その日、自宅に戻ると、冊子小包が届いていた。中堅出版会社のT社からだ。

「献本?」

誰からだろう? X先生かしら、それともZ先生かしら。

「ああ、三芳竜司(みよしりゅうじ)か……」

三芳竜司からの献本は、これで五冊目だ。特に親しいわけではなく、なにかのパーティーでちらっと見たぐらいだ。もはや赤の他人なのだが、どういうわけかこうやって献本が届く。仕方ないから、ありがたく受け取っているのだが。

「うん? そういえば、三芳竜司って」

山田さんが担当だったんじゃなかった?

そうだ、パーティーのときに、山田さんから紹介されたんだ。確か、ホラー作家で、呪いがテーマの小説がスマッシュヒットして——。

「うそ。もしかして、山田さんが言っていた呪いの献本リストって、この人の?」

と思った瞬間だった。心臓に違和感が走った。心臓をきゅっと素手で握られたような。

「やだ、なに、どうしよう？」

立っていられず、その場にうずくまる。

咄嗟に口から飛び出したのは、お経の一説だった。

南無……南無……南無……。

パーン。

乾いた銃声のような音が部屋に響く。見ると、手首に巻きついていたブレスレットが砕け散っていた。何年か前にベトナムで購入した、パワーストーンのブレスレット。魔除けになるからとしつこく勧められて、買ったものだ。

「私の代わりに、これが？」

粉々になった石を恐る恐るかき集める。もしかしたら、自分の心臓がこうなっていたかもしれない？

AさんとBさんとCさんのように、心不全で死んでいたかもしれない？

「ひっ！」

心臓に鈍い痛みが走る。

「ひぃ、ひぃ、ひぃっ」

額から、雨垂れのような汗が滴り落ちる。

やだ、私、死んじゃうの？

呪い殺されるの？

ってていうか、なんで呪い殺されなくちゃいけないの？　私、三芳竜司になにかした？　献本された本を読みもせず捨てたから？　献本のお礼をしなかったから？　メールが来ても無視したから？　まさか、そんな理由で、呪いをかけられた？

そんなことで？

馬鹿馬鹿しいと思いながらも、否定することはできなかった。三芳竜司の作品は、一冊だけ読んだことがある。『呪いのリスト』とかいう小説だ。売れていたから読んでみたのだが。

……理不尽な理由で呪いにかけられた人々が次々と死んでいくという内容だった。

そう、まさに心不全で！　犠牲者の一人は、プレゼントされた本を捨てたというだけで、呪い殺された。

もしかしたら、『呪いのリスト』はフィクションなんかじゃなくて、ドキュメンタリーだったりして？

AさんとBさんとCさんが死んだのは、本当に呪いが原因だったりして？

いや、さすがに、それは……。いくらなんでも……。

でも、三芳竜司って、いかにもヤバそうな感じだった。

パーティーだというのに、全身黒ずくめ。しかも、黒いマスクまでして。今から黒ミサとかはじめそうな陰湿な雰囲気だった。

なにより、小説の内容がヤバい。

ざくざく人が死ぬし、その方法も残虐だし。

あんな胸糞悪い小説を書くぐらいだから、本人もそうとうアレに違いない。

「ひぃっ――」

心臓が、一瞬止まった気がした。

ヤバい、私、マジで死んじゃうかも？

呪い殺されちゃうかも？

でも、やっぱり、呪いなんて非科学的。そんなこと、あるはずがない。

もしかしたら、呪いなんかじゃなくて、なにかしらの方法でAさんとBさんとCさんを殺したんじゃないの？　三芳竜司が。

例えば、献本した本の表紙に毒が塗られているとか。例えば――

「ひぃぃっ！」

あ、また心臓がちくってなった。

ヤバいヤバいヤバい。

やっぱり、呪いなの？

呪いなの？　……呪いなの！

あ、そういえば、『呪いのリスト』という小説には、呪いを解く方法も書かれていたはず。

えっと、なんだったっけ？

えっと、えっと、えっと……。

「そうだ。呪った本人を消し去ればいいんだ！」

＋

「先生、三芳竜司さんの話、聞きましたか？　惨殺死体でみつかったという――」

駅前のファストフードショップ。私を担当してくれている編集者、山田君が唇を震わせながら言った。

そして、こんな話をしてくれた。

「犯人はまだ見つかってないということですが、僕、なんとなく見当がついているんです。たぶん、Dさんじゃないかと」

「Dさんって、文壇バーのマダムのこと？」

「そうです。事件の前日に、接待であのバーに行ったんです。それで、マダムと話をしたんですけど。……その明け方、マダムから電話があったんです。三芳さんの住所を教えろって。めちゃくちゃ追い詰められている感じでした。個人情報だから教えられないと断っても、しつこく食い下がってきて。しまいには、泣くんです。このままでは自分が死んでしまう。呪い殺される。殺される前に、なんとかしなくちゃ、お願いだから、教えてって。その気迫に負けて、僕、三芳竜司さんの住所、教えてしまったんですが……」

山田君は全身を震わせた。

「もしかして、そのせいで、三芳竜司さんが――」

「大丈夫、あなたのせいではないですよ」

私は、そんな陳腐な言葉で慰めるしかなかった。

「大丈夫ですから」

繰り返しながら、冷め切ったコーヒーを飲み干す。お代わりをしたいが、遠慮しておこう。もう、私には以前のような価値はない。二百円のコーヒー一杯がせいぜいだ。……昔のように、どこぞのシティーホテルのラウンジでアフタヌーンティーを心ゆくまで……という身分ではないのだ。

「それにしても、筒川(つつかわ)先生――」

山田君が、ふと視線をあげた。

「来月、先生の新刊が上梓されますが、献本リスト、どうなされますか?」

「え？」

「だって、Aさんと Bさんと Cさんが亡くなり、三芳竜司さんまで。……リストには、あと一人しか残ってませんが？」

最後のひとり

「移住して、よかった」

坂田好三は、窓越しに揺れる水仙の花を見ながら今日もそんなことをつぶやいた。

早期退職して、千葉の山奥に移住したのが二年前。半ば自棄のやんぱちで決断したことだったが、今思えば、まったくの正解だった。

それまでは、大手出版社の文芸部で働いていた。四十代前半で編集長にまで上り詰め、あとは役員コースに乗るだけだった。

「あの頃は、なにをあんなにガツガツしていたんだろうな。まるで、餓鬼畜生だ」

坂田好三の中に、ふと罪悪感がよぎる。

我ながら、あの頃の自分はひどかった。

数字、数字、数字。とにかく、数字に追われていた毎日だった。

人がすべて、数字に見えた。

この作家は一万部、あの作家は三千部、その作家は一千部というように。

数字を出せる作家には這いつくばる勢いで頭を下げ、数字が出ない作家は容赦無く足蹴にした。これでは生活ができませんと泣きついてきても、自殺を仄めかされても、動じなかった。

死ねばいいだろう、死ねば。一千部も売れないような作家は、ゴミも同然なんだよ、いや、ゴミよりタチが悪い。なにしろ、人体は簡単に燃やせないからな！

我ながら、人でなしだ。

でも、当時はそれこそが正義だと思っていた。数字を出せない人間なんて、死んだほうが世のためだと。

そんな自分がまさか、数字を出せない人間として、会社からリストラを言い渡されるなんて。

そうか、自分もまた、ゴミだったか。

でも、ゴミになったからこそ、こうやって人間らしさを取り戻すこともできた。酒の飲み過ぎで機能を失った舌にも、ようやく味覚が戻ってきた。

とにかく、飯がうまい。

これほどの幸せがあるだろうか。

今日の昼飯はなんだろう？

さっきからいい匂いがする。これは、もしや、チャーハンか？　前に食べたニラチャーハンは、絶品だった。妻が庭で育てたニラで拵(こしら)えた、チャーハン。今までいろんなチャーハンを食べてきたが、それこそ高級素材をふんだんに使った一万円のチャーハンも食べたことがあるが、そんなものがチンケな偽物（にせもの）と思うほどに、妻のニラチャーハンは美味かった。あまりに美味すぎてお代わりするほどだった。そのせいか、腹を壊してしまったが。

「あなた、お待たせ。お昼ご飯よ」

トレイにのったそれは、まさしく、ニラチャーハン！

喉が鳴る。

ああ、早く、食べたい！

「あ、それと、郵便が届いているわよ」

お預けというように、妻が郵便をテーブルに置いた。その形、そのサイズ。もしかして、書籍か？

「じゃ、私、ちょっと出かけてくるわね」

「え？　一緒に食べないの？」

「うん。今日は、ご近所さんにランチに誘われているのよ。なんでも、お祭りの準備を兼ねたランチ会なんだって」

「なんだ、そうなのか」

「そういうわけだから、帰りも遅くなるかも。……あ、おやつは冷蔵庫にアイスクリームがあるから、それを食べて」

「うん、ありがとう」

こんな妻とのたわいのない会話も、以前は考えられなかった。何日も会話を交わさないこともあったし、時には、言葉の代わりに手を上げることもあった。そんな自分を見捨てず、ここまでついてきてくれた妻には本当に感謝しかない。

ありがとう。

いつか、ちゃんとこの言葉を伝えなくては。

と、今は、チャーハンだ。

蓮華（れんげ）を手にしたときだった。テーブルに置かれた郵便、その差出人が目に入った。

「筒川蒔子（まきこ）……」

かつて、担当していたことがあった。デビューしてしばらくは数字もよかったが、三年目あたりからがくっと落ちた。これ以上数字は望めない。そう判断し、彼女がもってくる小説をことごとく没にした。

これでは、生活ができません。彼女は泣きながら自殺を仄めかした。

「死ねばいいだろう、死ねば。一千部も売れないような作家は、ゴミも同然なんだよ、いや、ゴミよりタチが悪い。なにしろ、人体は簡単に燃やせないからな！」

本当に、ひどいことを言ったものだ。

自分で自分が許せない。

でも、彼女もいけないのだ。暗い雰囲気の女で、思考もネガティブで、相手にしているこっちまで気が滅入ってしまう。

そうそう、亡くなったAさんとBさんも、よく、彼女の悪口を言っていたな。……亡くなったといえば、ネットで活躍していたCさんも、筒川蒔子の悪口をブログに書き散らしていたっけ……。ホラー作家の三芳竜司にいたっては、筒川蒔子をモデルにして小説まで書いている。あの小説は確か……『呪いのリスト』だったか。

そういえば、三芳竜司も亡くなったんだよな。文壇バーのマダムに殺されたと聞いた。三芳竜司は女癖が悪かったからな。たぶん、痴情のもつれかなんかだろう。気の毒な話だ。

それにしても、筒川蒔子。細々と作家生活は続けているようでなによりだ。こうやって新刊が出せるんだからな、大したもんだ。たぶん、発行部数は三千部に届くか届かないか、実売は千部に届くかどうかだろう。それでも、このご時世だ、新刊が出せるだけで御の字だ。しかもだ、会社を辞めた自分にまでこうして献本をしてくれるのだ、ありがたいじゃないか。

筒川蒔子にも、感謝の言葉を伝えなければな。

と、チャーハンを口にしたときだった。

坂田好三の心臓に、激痛が走った。

ひぃ、ひぃ、ひぃぃぃぃぃ！

誰か、だれか！　……ダレカ！

苦しい、苦しい、くるしい、クルシイ……。

＋

夕方、家に戻った坂田の妻は、床の上でみっともなく倒れている夫を眺めながら言った。

「あら、あなた、ようやく死んでくれたの？」

「前は量を間違えて失敗しちゃったけど、今回は成功したってことね」

妻は、テーブルの上のチャーハンをそのままに、救急車を呼んだ。

「夫が倒れています！　どうしましょ！　水仙の葉っぱとニラを間違えて、チャーハンに入れてしまったようなんです！　水仙の葉っぱには、毒があると聞きました！　もしかしたら、それが原因で……？　ああ、どうしましょ？」

この作品はフィクションです。実在する人物、団体等とは一切関係ありません。

編集協力：大橋みなほ（ライター）
石井 豪　　（吉本興業）
金本麻友子（吉本興業）

宝島社
文庫

5分で読める！ ぞぞぞっとする怖いはなし
（ごふんでよめる！ ぞぞぞっとするこわいはなし）

2022年6月21日　第1刷発行

編　者　『このミステリーがすごい！』編集部
発行人　蓮見清一
発行所　株式会社 宝島社
〒102-8388　東京都千代田区一番町25番地
電話：営業 03(3234)4621／編集 03(3239)0599
https://tkj.jp
印刷・製本　中央精版印刷株式会社

ISBN 978-4-299-03043-6